L'Ami

Un dossier pédagogique consacré à ce livre se trouve
sur le site Casterman à la rubrique « enseignants » :
http://jeunesse.casterman.com/enseignants.cfm

casterman
87, quai Panhard-et-Levassor
75647 Paris cedex 13

www.casterman.com

Conception graphique : Anne-Catherine Boudet

ISBN : 978-2-203-03318-4

Achevé d'imprimer en avril 2010, en Espagne par Novoprint.
Dépôt légal : juin 2010 ; D. 2010/0053/276

Déposé au ministère de la Justice, Paris
(loi n° 49.956 du 16 juillet 1949 sur les publications destinées à la jeunesse).

Yaël Hassan

L'AMI

Illustré par Tom Tirabosco

casterman
POCHE

Pour Noy,
témoin des premiers mots de cette histoire.
Y.H.

1

NÉ SOUS X

Samir. Voilà ! C'est la seule et unique chose qu'elle lui a laissée, sa mère, un prénom. Juste un prénom, avec même pas un nom de famille derrière, comme tout le monde. Son nom de famille, Jacques, est aussi un prénom. On lui a dit que Jacques serait son nom de famille. Et tout ça parce que sa mère l'a mis au monde sous X. Incognito, quoi ! Il ne s'en console pas, Samir. Farida, son éducatrice préférée, a beau lui expliquer que c'est là, de la part de sa mère, un acte fort courageux, car elle s'est ainsi assurée que son bébé pourrait être aussitôt adopté, Samir n'y croit pas trop. Il trouve même que c'est plutôt lâche d'abandonner son bébé après l'avoir mis au monde. Il n'a pas demandé à y venir, lui, au monde. Surtout pour passer sa vie dans un foyer de la DDASS ! Car même si elle a changé de nom, la DDASS, pour s'appeler ASE, ce qui veut dire *aide sociale à l'enfance*, le résultat est le même. Il ne s'est pas senti plus aidé qu'avant et personne ne l'a adopté. Il avait pourtant été un beau bébé, joufflu, à la peau mate, aux cheveux noirs bouclés, avec en prime une fossette au creux du menton. Samir a longtemps espéré, longtemps rêvé, longtemps pleuré, aussi. Mais cela n'a rien changé. Parce que les larmes, quand on n'a pas de maman qui puisse les voir, ça ne sert strictement à rien. Et à neuf ans passés, il y est encore au foyer. Normal ! lui a dit Pascal, c'est à cause de ta tête de bicot. Personne n'adopte les bicots ! « Samir, le bicot ! Samir, le bicot ! » chantonne Pascal à tue-tête dans le dortoir, tandis que Samir serre les poings et les yeux sous sa couverture pour empêcher les larmes de déborder.

Puis Pierre Lafleur est arrivé. Et lui, il n'a peur de personne. Il a pris Samir sous son aile, est devenu son protecteur. Pour Samir, Pierre fait figure de héros. Comme Superman, comme Zorro. Et depuis, plus personne n'ose l'embêter. Même pas ce colosse de Pascal qui est devenu doux comme un agneau.

— T'as qu'à te choisir un autre prénom, lui propose un jour Pierre, voyant combien Samir est embêté avec le sien. Jacques, par exemple.

— Mais Jacques est mon nom de famille !

— Et alors ? T'as qu'à changer et dire que tu t'appelles Jacques Samir et pas Samir Jacques. Samir, comme nom de famille, ça fait pas arabe du tout. C'est même plutôt joli. Pas aussi joli que Lafleur, bien sûr, mais joli tout de même. Et quand on te demande comment tu t'appelles, t'as qu'à répondre Jacques. Ce qui n'est pas faux. Et comme ça, plus personne te prendra pour un bicot.

Samir n'a pas vraiment compris où Pierre veut en venir. Parce que, même si on ne l'appelle plus Samir, il n'en gardera pas moins la même tête. Aussi confie-t-il à Pierre qu'il préfère continuer à s'appeler Samir car c'est tout ce qu'il lui reste de sa mère, son prénom.

Pierre n'y voit pas d'objection. C'est ça aussi l'amitié, pouvoir dire oui ou non à un ami sans se fâcher, sans se vexer. Il comprend parfaitement que celui-ci tienne à garder la seule chose qui lui reste de sa mère. Il aurait d'ailleurs fait pareil s'il s'était trouvé dans le cas de Samir. Mais Pierre, fort heureusement, a une mère, lui. Et pas n'importe laquelle. Une mère avec qui il a passé les plus belles années de sa vie. Même si, au début, ils ne vivaient pas vraiment ensemble parce que Lili avait dû le placer en nourrice à cause de son travail. Pierre n'a pas un mauvais souvenir de ces années-là, bien au contraire ! Marinette avait été la nounou de Lili quand elle était petite, c'était même elle qui l'avait élevée. Elle était déjà bien vieille quand elle avait accueilli Pierre bébé, et la peau de son visage était toute ridée, comme une pomme très mûre. Mais elle était douce et Pierre l'avait beaucoup aimée. Chaque dimanche, quand arrivait Lili, c'était le soleil qui entrait, c'étaient les rires qui résonnaient, et la maisonnette sortait pour quelques heures de sa douce léthargie. Elle s'emplissait alors de lumière, de rires et de chansons. Elle s'emplissait de douceurs, de gâteaux et de bonbons. Elle s'emplissait de jouets pour lui et de cadeaux pour Marinette. Et Pierre et Marinette attendaient ensemble toute la semaine l'arrivée de Lili.

Pierre avait six ans lorsque Lili décida de le prendre avec elle. La santé de Marinette déclinait, elle n'y voyait plus très clair et souffrait de rhumatismes. Comme il n'était pas question de confier son garçon à quiconque d'autre, Lili décida qu'elle le garderait désormais auprès d'elle. Elle n'avait pas jugé utile de prévenir Fredo, qui partageait alors sa vie, mais qui ne l'entendit pas, lui, de cette oreille.

— Pierre est mon fils et il passe avant tout le monde ! lui expliqua alors Lili, rouge de colère. Et si ça ne te plaît pas, monsieur Fredo, rien ne t'empêche de partir.

Et avant même que celui-ci n'ait eu le temps de réagir, Lili la furie avait saisi toutes ses affaires, chemises et costumes, caleçons et chaussettes, et les avaient entassées dans une valise qu'elle avait jetée sans le moindre ménagement sur le palier. Elle en fit de même de Fredo, qui s'en retrouva, ni une ni deux, sur le palier lui aussi.

— Débarrassés ! avait-elle dit à Pierre en se frottant les mains.

Depuis, c'est la toute première fois qu'ils sont séparés. Et Pierre ne comprend pas pourquoi elle l'a laissé partir. Il ne comprend pas pourquoi cette fois elle ne s'est pas mise debout, les bras écartés devant la porte pour empêcher qu'on ne l'emmène. Mais même s'il a terriblement envie de lui en vouloir, il n'y arrive pas trop. Parce qu'il a senti que quelque chose s'est cassé en elle. Ces derniers mois, elle lui a paru de plus en plus fatiguée, de moins en moins révoltée contre la vie. Et peu à peu, elle a cessé d'être Lili la furie. Maintenant, elle n'est plus que l'ombre de la Lili Lafleur d'autrefois. Certes, elle viendra le voir le plus souvent possible. C'est du moins ce qu'elle lui a promis en le serrant très fort contre son cœur avant que cette tarte d'assistante sociale ne l'emmène au foyer. Et Pierre a gardé pour lui seul, caché dans sa mémoire, une douce odeur de muguet, le parfum préféré de Lili Lafleur, sa maman, la plus jolie maman du monde.

— T'es le seul homme de ma vie, ne l'oublie jamais ! lui avait-elle murmuré à l'oreille.

Et ça, c'était un sacré compliment pour Pierre. Parce que des hommes, elle en connaissait un paquet, Lili Lafleur. Trop même ! lui avait expliqué l'assistante sociale avec un léger dégoût sur ses lèvres pincées. Vieille bique, avait pensé Pierre. C'est sûr que, vu ta tête, il n'y en a pas beaucoup qui doivent te faire la cour ! Lili Lafleur, elle, les avait tous à ses pieds. Il y en avait même qui lui chantaient la sérénade sous son balcon. Ils la couvraient de fleurs et de cadeaux. De coups aussi, parfois. Lili avait beau lui raconter qu'elle était tombée dans l'escalier ou s'était pris la porte en pleine figure, Pierre n'était pas dupe. Il serrait alors les poings et ne pouvait que prendre son mal en patience, attendant le jour où, devenu assez grand et fort, il tordrait le cou à tous ceux qui avaient un jour osé lever la main sur sa Lili d'amour.

2

Une maman Sainte Vierge

Cela fait six mois déjà que Pierre est au foyer. Et en six mois, jamais elle n'est encore venue lui rendre visite, Lili.

— Elle a sans doute eu un empêchement, dit-il à Samir chaque dimanche où il l'a attendue en vain. Elle viendra la prochaine fois. Et tu verras comme elle est belle en vrai.

Et Samir et Pierre, assis côte à côte dans le dortoir, admirent ensemble la photo de Lili qu'il porte toujours sur lui, dans la poche gauche de sa chemise, celle qui se trouve au plus près du cœur.

Samir se dit qu'il en a bien de la chance, son ami Pierre, d'avoir une aussi jolie maman. Samir aurait tant aimé avoir une maman à lui, même en photo seulement. Une maman dont il verrait le sourire en s'endormant le soir. Pourquoi l'avait-elle abandonné tout de suite après sa naissance ? se demande-t-il. Pourquoi n'avait-elle pas pris au moins le temps de faire sa connaissance ? Peut-être auraient-ils sympathisé, tous les deux ? Peut-être l'aurait-elle même aimé un peu ? Et puis, au pire, si ça n'avait pas marché entre eux, elle aurait pu l'abandonner plus tard, après avoir au moins essayé.

Avec Pierre, tout est simple. Il lui suffit de dire *t'as qu'à* et tout s'arrange, en général. C'est ainsi qu'il suggère à Samir :

— T'as qu'à demander à Ange de te la dessiner, ta mère.

Ange est un éducateur qui dessine vachement bien. Il lui demande :

— Tu la veux comment, ta mère ?

Samir réfléchit longuement.

— Belle, finit-il par répondre.

— Belle comment ?

— J'sais pas, fait Samir en poussant un gros soupir de découragement.

— T'as qu'à la faire belle comme la Sainte Vierge, intervient Pierre.

Samir hésite. Se peut-il que sa maman à lui ressemble à la Sainte Vierge ?

— Ça existe, les Saintes Vierges arabes ? demande-t-il à Pierre.

Celui-ci réfléchit un moment puis hausse les épaules en signe d'ignorance.

— T'as qu'à faire comme si ça existait.

Et c'est ainsi que Samir fait connaissance avec sa maman Sainte Vierge.

— Pourquoi elle a les yeux tristes ? demande-t-il, béat d'admiration devant son dessin.

— T'as déjà vu une Sainte Vierge gaie, toi ?

Comme Samir n'a jamais vu de Sainte Vierge, ni gaie ni triste, il ne proteste pas. Reconnaissant, il plie soigneusement le dessin de sa nouvelle maman et le met sous son oreiller.

— T'as qu'à penser qu'elle est triste de t'avoir abandonné, propose finalement Pierre.

L'idée de Pierre enchante Samir. Il décide donc que le regard triste de sa maman est dû au déchirement qu'elle a sans nul doute éprouvé en l'abandonnant. Mais tout cela n'a plus d'importance. Désormais, il en a une de maman, lui aussi. Et Dieu, comme elle est belle !

3

LE PRÉSIDENT

Pierre, juché sur un vieux cageot à légumes retourné en guise d'estrade, va faire une déclaration. Les enfants se sont massés autour de lui, attentifs.

— Quand je serai grand, je serai président ! proclame-t-il une main sur le cœur. Et c'est moi qui fabriquerai les lois. Je ferai une loi qui interdira de prendre les enfants à leur maman qui les aime. Et je ferai une autre loi qui interdira aux parents de mettre au monde des orphelins sous X.

— Bravo ! crient les gamins.

— Et toi, Samir, poursuit l'orateur lorsque le silence est revenu, tu seras mon bras droit !

Samir bombe le torse. Fier, très fier. Même s'il ne voit pas très bien comment il va faire pour devenir le bras droit de son ami. Surtout qu'il est gaucher et que donc, dans ce cas, son bras droit ne lui sera pas d'une grande utilité. Il faudra que je lui dise qu'il vaudrait mieux que je devienne son bras gauche, pense-t-il.

Le soir au dortoir, Pierre écoute attentivement Samir. Effectivement, celui-ci a raison. Il n'aurait que faire d'un bras droit maladroit.

— T'auras qu'à être mon bras gauche ! finit-il par admettre.

Et tout rentre dans l'ordre.

Dans les jours qui suivent, Pierre entame sa carrière de futur président. Par la même occasion, il entreprend de former Samir à son prochain métier de bras gauche du président.

— Pour être président, il faut très bien travailler à l'école, explique Pierre à Samir. Les présidents sont toujours des premiers de la classe. Sauf les mauvais présidents, les dictateurs par exemple qui eux, en général, sont des cancres. Il ne faut pas être très intelligent pour commander bêtement. Moi, je veux être un très bon président que tout le monde aimera.

— Et les bras gauches, demande Samir, eux aussi sont toujours des premiers de classe ?

— Mais non, patate ! Ils ne peuvent pas être des premiers de classe, sinon ils seraient présidents, eux aussi, et pas les bras gauches des présidents. Mais ils doivent être obligatoirement au moins des deuxièmes de classe.

Samir pousse un soupir de soulagement. Pour l'instant, il n'est ni premier, ni deuxième, ni même dixième de sa classe. Il est le quinzième sur trente élèves. Mais en travaillant et s'appliquant beaucoup, il pourrait sûrement arriver à de meilleurs résultats. C'est ce dont Farida semble persuadée. D'ailleurs, elle ne cesse de lui répéter :

— Tu es un garçon intelligent, Samir. Tu peux mieux faire, en classe.

Samir aurait bien aimé faire plaisir à Farida en améliorant ses résultats scolaires, mais à quoi bon ? Il sait qu'elle aussi partira un jour, qu'elle aussi l'abandonnera, comme les autres. Depuis le temps qu'il y est au foyer, il en a vu défiler des éducateurs et des éducatrices. Il en a tant aimé aussi. Mais l'histoire est toujours la même. Il la connaît par cœur, à force. Il s'attache, et une fois qu'il les aime très fort, ils partent ailleurs.

Quand Farida est arrivée, Samir l'a tout de suite trouvée différente. D'abord, elle lui a dit qu'elle était arabe, comme lui. C'est ce jour-là, d'ailleurs, qu'il a appris qu'il était arabe. Il l'ignorait complètement. Personne ne le lui avait dit. Mais puisque Farida l'était, elle aussi, ça l'avait consolé un peu. Et Farida, c'était la plus jolie des éducatrices qu'il avait jamais eues. La plus gentille aussi, la plus douce et la plus drôle. Il aurait tant voulu pouvoir l'aimer.

— T'as qu'à lui demander quand est-ce qu'elle va partir ! lui conseille Pierre à qui il a fait part de ses craintes.

Et voilà, c'est aussi simple que cela ! pense Samir. Il suffit effectivement de demander à Farida combien de temps elle a l'intention de rester encore. Ainsi, il saura exactement si ça vaut la peine de s'attacher à elle.

4

À LA VIE, À LA MORT !

Depuis que Farida lui a assuré que c'est pas demain la veille qu'elle compte partir du foyer, Samir fait de gros progrès à l'école.

Farida est si contente en lisant son bulletin du deuxième trimestre qu'elle en rougit de plaisir sous le hâle doré de sa peau, et sur chacune des joues de Samir, elle dépose deux gros bisous. Ses lèvres couleur cerise y laissent leur empreinte et ce jour-là, c'est bien à regret que Samir se lave la figure.

Pierre aussi paraît satisfait. Il lui serre la main et lui tape dans le dos en signe d'encouragement.

Samir est tellement heureux qu'il lui semble même que sa maman sourit sur son dessin tant elle est fière de son Samir. Depuis que Pierre est arrivé au foyer, Samir n'a plus du tout envie d'être adopté.

À présent qu'il a un ami, une éducatrice arabe et une maman Sainte Vierge, il est le garçon le plus heureux du monde.

Comme il raconte tout à Pierre, il le lui dit.

— Ouais, fait Pierre. Surtout que si t'as pas été adopté jusqu'à maintenant, il y a peu de chance pour que quelqu'un t'adopte encore. Ce qui veut dire qu'on restera peut-être tout le temps ensemble. On n'a qu'à dire qu'on est frères, d'ailleurs, à la vie, à la mort.

— D'accord ! répond Samir, le cœur trépidant de bonheur.

C'est si bon d'avoir un ami, un frère, à la vie, à la mort...

Mais Pierre, lui, n'est pas le garçon le plus heureux du monde depuis qu'il a quitté Lili. Et, bien qu'au foyer il ait trouvé en Samir un ami, un vrai, son tout premier vrai ami, il ne remplacera jamais sa maman. Que devient-elle, Lili, pendant ce temps, sans lui ? Qui donc s'occupe d'elle ? Va-t-elle bien ? Ces questions-là, Pierre se les pose à longueur de journée. Il est inquiet. Parce que, même si Lili Lafleur a parfois la tête en l'air, même s'il lui arrive de répondre à côté aux questions qui ne lui plaisent pas, elle ne lui a jamais menti. Aussi, c'est pas normal du tout qu'elle ne vienne pas le voir, ni ne lui donne de ses nouvelles.

Samir voit bien que derrière le sourire détaché de Pierre se cache l'immense chagrin d'avoir quitté sa maman Lili. Il voudrait tant l'aider. Il voudrait tant trouver un *t'as qu'à* magique, lui aussi. Il y réfléchit sans arrêt. Mais voilà qu'une nuit, il se réveille brutalement avec une idée en tête. Samir a si peur que l'idée ne s'échappe s'il se rendort qu'il réveille Pierre aussitôt.

— T'as qu'à demander à Farida d'aller la voir, ta maman. Comme ça, elle pourra te dire si tout va bien.

Encore tout enveloppé de sommeil, Pierre regarde son ami, sans trop comprendre. Puis il écarquille les yeux.

— Tu crois qu'elle voudra ? demande-t-il.

— Bien sûr qu'elle voudra. Si tu veux, c'est moi qui lui demanderai. Elle ne peut rien me refuser, Farida.

Mais Farida fait la moue.

— Je ne pense pas avoir le droit de faire ça ! leur dit-elle.

Le visage de Pierre se ferme et une larme perle

aussitôt. Samir, lui aussi, est profondément déçu. Il savait bien qu'avec lui les *t'as qu'à* ça ne marchait pás.

— Bon ! On se calme ! dit alors Farida qui ne peut pas supporter de les voir peinés. Je vais y aller, mais il ne faut en parler à personne, d'accord ? Ce sera top secret.

Elle demande alors à Pierre de lui noter son adresse et promet qu'elle ira dès qu'elle le pourra.

Elle ne le peut pas tout de suite, sans doute, car rien ne se passe les jours suivants.

Mais un matin, alors que Pierre désespère déjà, Farida leur fait signe à tous les deux. Pierre a le cœur qui se serre.

Ils la suivent jusqu'au banc situé sous le marronnier de la cour.

— Pierre, j'ai vu ta maman, hier soir. Rassure-toi, elle va bien, lui dit-elle, voyant dans ses yeux une lueur d'angoisse.

— Pourquoi ne vient-elle pas alors ?

Farida hésite avant de répondre :

— Si elle n'est pas venue te voir, c'est parce qu'elle pensait que tu lui en voulais de t'avoir laissé partir.

Pierre écarquille les yeux, n'en croit pas ses oreilles. Comment Lili a-t-elle pu croire une chose pareille ? C'est vrai qu'il avait éprouvé de la peine et de la colère, c'est vrai qu'il avait essayé de lui en vouloir un peu, même s'il avait compris que ce n'était pas de sa faute à elle, que c'était la vie, comme elle disait souvent, cette chienne de vie qui ne lui avait jamais fait de cadeau à part lui.

— Alors, poursuit Farida tandis que ses yeux se mettent à briller, elle m'a promis de venir te rendre visite ce dimanche-ci, après-demain. Elle m'a dit de te dire que c'est juré craché.

Farida a touché juste. Cette fois, Pierre sait qu'il peut se réjouir. Parce que quand Lili dit juré craché, c'est la vraie vérité. Celle qu'on ne change pas.

Tout à leur joie, les garçons s'éloignent en courant et riant, laissant là Farida qui les regarde, tandis qu'un triste sourire se dessine sur ses lèvres. Elle espère vraiment que Mme Lafleur sera suffisamment en forme pour venir dimanche. Elle lui avait paru si faible, si fatiguée.

5

Une bouffée de printemps

Ce dimanche-là, elle est enfin venue, Lili Lafleur. Juchée sur de hauts talons aiguilles, serrée dans un tailleur coquelicot assorti à ses lèvres, le visage mangé par d'énormes lunettes noires, un chapeau fleuri sur la tête, elle a fait irruption au foyer.

Et Lili Lafleur, c'est une bouffée de printemps au cœur de l'hiver. Toute l'institution s'en est trouvée illuminée. Son parfum de muguet s'est emparé des lieux, et son rire charmant s'est mis à ricocher de mur en mur.

Samir en est resté subjugué. Il ne se doutait pas que de telles mamans existaient. Il n'en avait jamais vu d'aussi jolie. Pierre se jette dans ses bras et Lili le couvre de baisers rouges, sur son front, ses joues et même son nez. Puis elle en fait autant avec Samir lorsque Pierre lui dit qu'il est son meilleur ami.

— Je vous emmène déjeuner, leur annonce-t-elle comme si c'était quelque chose de tout à fait normal.

— Tous les deux ? demande Pierre.

— Bien sûr, tous les deux ! Enfin, si monsieur le directeur le permet.

Monsieur le directeur n'y voit pas d'objection.

C'est la première fois de sa vie que Samir va au restaurant. Lili les a emmenés dans sa jolie petite voiture rouge assortie à son tailleur, ses lèvres et ses ongles. Et ils ont chanté à tue-tête, tout au long du chemin, des chansons d'amour. Attablés, Lili pose sa main sur celle de Pierre, une longue main blanche, si blanche que l'on voit sous la peau le bleu des veines.

— Je pourrai bientôt te reprendre, mon Pierrot. Encore un mois, deux peut-être, trois au grand maximum. J'ai bien travaillé ces derniers temps et mis pas mal de sous de côté. Bientôt, je pense pouvoir acheter une petite maison à la campagne où nous nous installerons tous les deux. Ce sera notre maison à nous, un parfait petit nid de bonheur pour toi et moi.

— Et tu ne travailleras plus ?

Lili secoue la tête, faisant virevolter ses boucles.

— Non, lui dit-elle.

— Plus jamais ?

Elle rit de toutes ses quenottes blanches.

— Plus jamais, je te le promets.

— Et Fredo ?

Lili a une hésitation.

— On s'en passera de Fredo, finit-elle par répondre du bout des lèvres, sans grande conviction.

Pierre a du mal à y croire. Il la connaît bien, Lili. Mais parce qu'il ne veut pas gâcher le bonheur d'être avec elle, il ne lui demande pas si c'est juré craché. Il préfère faire semblant de la croire. Alors, il fait comme s'il était très heureux.

Il déteste Fredo qui était revenu peu de temps après avoir été mis à la porte par Lili. C'est d'ailleurs à cause de lui qu'on l'avait enlevé à Lili. Parce qu'un soir, alors que Lili travaillait, Fredo était rentré, ivre mort, et l'avait roué de coups. Le lendemain, Pierre était allé à l'école le visage tuméfié et le corps couvert de bleus. La maîtresse l'avait alors emmené jusqu'au bureau de la directrice et Pierre eut beau prétendre qu'il était tombé dans les escaliers, rien n'y fit.

Quelques jours plus tard, une dame était venue à la maison et avait fouiné partout, posant mille et une questions indiscrètes.

La première fois qu'elle était venue, Lili dormait. Pierre n'avait pas voulu la laisser entrer car l'appartement était plutôt en désordre et la vaisselle s'entassait dans l'évier. Pierre avait pressenti que cela ferait mauvaise impression. Il faut dire que Lili n'était pas du genre fée du logis. Et Pierre avait beau essayer de ranger derrière elle, cela ne servait strictement à rien. Dès que Lili rentrait, il lui suffisait de quelques minutes pour tout remettre sens dessus dessous. Et puis, après tout, qu'est-ce que cela pouvait faire ? Ce n'est pas à l'ordre d'une maison que l'on mesure l'amour de ses occupants !

Mais la dame n'était visiblement pas de cet avis. Elle était revenue et cette fois, après avoir écarté Pierre qui faisait barrage, elle avait jeté un coup d'œil inquisiteur sur la pièce et fait une très vilaine grimace. Sur un petit carnet, elle s'était mise à écrire des choses, beaucoup de choses.

Pierre s'était pourtant empressé de ramasser quelques affaires, un chemisier par-ci, une jupe par-là, éparpillées par terre et qui formaient un chemin jusqu'à la chambre de Lili. Elle rentrait si fatiguée la nuit qu'elle n'avait qu'une seule hâte, se coucher. Elle jetait alors ses vêtements en se dirigeant vers sa chambre, puis s'écroulait sur son lit sans même prendre le temps de défaire draps et couvertures. Et elle dormait alors jusque tard dans la matinée.

Pierre, en se levant le matin pour aller à l'école, faisait le moins de bruit possible pour ne pas la réveiller. Les samedis et les dimanches, il se levait un peu plus tard et préparait avec soin leur petit déjeuner à tous deux. Pour Lili, il faisait un café bien fort et des tartines grillées et beurrées. Il déposait le tout sur un plateau qu'il emportait dans la chambre. Lili, réveillée par la bonne odeur du café, ouvrait un œil, lui souriait, puis s'étirait comme un petit chat. Pierre remontait les oreillers dans son dos, déposait le plateau sur le lit et s'installait tout contre elle. Lili mordait à pleines dents dans ses toasts beurrés qu'elle trempait dans son café. C'était ça le bonheur pour Pierre.

Et que lui importaient alors les vêtements de Lili jonchant le sol ? Mais comment aurait-elle pu comprendre tout ça, l'assistante sociale, elle qui, probablement, n'avait jamais travaillé la nuit, n'avait jamais travaillé aussi dur que Lili. Elle n'avait vu que le désordre, la vaisselle dans l'évier et les marques des coups de Fredo sur Pierre.

C'était vrai que Pierre était toujours seul le soir, quand Lili allait travailler, un peu trop maquillée, un peu trop serrée dans son tailleur. Pierre avait peur. Peur qu'il lui arrive quelque chose. Peur qu'elle ne revienne pas. Il restait éveillé pendant des heures, guettant le moindre bruit dans la cage d'escalier. Et ce n'était que lorsqu'il entendait résonner le cliquetis de ses talons aiguilles qu'il fermait enfin les yeux…

Mais voilà que Lili vient de lui promettre que tout ça serait bientôt fini et qu'ils vont partir tous les deux s'installer à la campagne ! Il ne demande qu'à la croire, lui. Ce serait si génial si c'était vrai.

Quant à Samir, tout au long du repas, il n'a d'yeux que pour elle. Il se dit que jamais, probablement, une maman jolie comme un cœur ne l'emmènera au restaurant. Jamais une maman ne le regardera avec des yeux comme ceux de Lili, emplis d'amour. Même si, sous ses yeux maquillés, Samir remarque les cernes bleu foncé et le regard furtivement las et triste. Aussi triste, tout compte fait, que celui de sa maman Sainte Vierge. À croire que toutes les mamans du monde ont ce regard-là, et pas que la sienne, sur le dessin plié sous l'oreiller. Pourtant, une maman en vrai, c'est hyper mieux qu'une maman Sainte Vierge sur un dessin !

6

Chagrins

À la fin de ce dimanche-là, Samir ne peut s'empêcher de se sentir infiniment peiné. Et pour une fois, il ne peut s'en confier à Pierre. Comment lui dire, en effet, combien il est malheureux à l'idée que son ami, son frère, va bientôt partir avec sa maman, que cette idée lui déchire le cœur en mille morceaux ? S'il est son ami, son frère, il devrait être heureux pour lui, heureux de partager son bonheur. Mais il n'y arrive pas. Et il est obligé de garder son chagrin pour lui tout seul en faisant comme si de rien n'était. Mais il n'est pas comme Pierre, lui. Il ne sait pas faire semblant d'être heureux alors qu'il a si mal. Et puis, Pierre lui avait promis qu'ils resteraient toute leur vie ensemble, qu'il deviendrait son bras gauche, qu'ils étaient frères, à la vie à la mort.

Finalement, Pierre va partir, lui aussi. Lui aussi va l'abandonner, pense Samir en s'endormant.

Pierre a du mal à trouver le sommeil également. Il tourne et retourne dans sa tête l'idée qu'il quittera peut-être bientôt le foyer pour retourner vivre avec Lili. Et plus il retourne cette idée dans sa tête, moins il y croit. Il connaît trop bien les promesses de Lili. Non pas qu'elle soit menteuse, mais les choses ne se passent jamais comme elle l'avait espéré. Et ce dimanche-là, derrière le sourire de Lili, derrière ses grosses lunettes noires, Pierre a entrevu une grande tristesse. Sous la poudre de son visage et le rouge de ses lèvres, il a deviné la blancheur de son teint et la fatigue de ses traits. Il a essayé de les ignorer pour ne pas gâcher son bonheur de la revoir enfin. Et puis, il avait eu trop envie d'y croire à son histoire de petite maison à la campagne, à ce qu'elle avait appelé leur petit nid de bonheur. Mais maintenant qu'il est seul dans son lit, que Lili est repartie, Pierre revient à la réalité et tout s'effondre. Non, Lili ne tiendra pas sa promesse. Pierre le sait. Elle lui a raconté cette histoire pour qu'il tienne le coup, loin d'elle. Il tiendra le coup, grâce à Samir. En lui il a trouvé un ami, un frère, quelqu'un qui a besoin de son amitié et quelqu'un qu'il peut protéger. Lili, il n'a jamais réussi à la protéger de Fredo.

Le lendemain matin, Pierre se rend compte que Samir n'est pas dans son assiette. Il a même l'impression qu'il lui fait la tête.

— Qu'est-ce que t'as ? lui demande-t-il au petit déjeuner. T'as mal au bide ?

Samir fait non de la tête. Il n'arrive pas à parler, il a une boule dans la gorge qui empêche les mots de sortir. Il a peur d'éclater en sanglots, là, devant tout le monde. Mais Pierre insiste. Il veut savoir. Il ne supporte pas l'idée que Samir lui cache quelque chose. Il revient donc à la charge à la récré. Et cette fois, Samir est bien obligé de parler. De toute manière, il n'en peut plus de garder ce poids sur sa poitrine.

— Tu m'as dit qu'on était frères à la vie, à la mort. Qu'on se quittera jamais. Que plus tard, tu seras président et que je serai ton bras gauche. Mais tout ça c'est faux !

Pierre le regarde étonné, sans comprendre ce qu'il veut dire.

— Et pourquoi ?

— Parce que tu vas partir bientôt avec Lili, que vous allez habiter à la campagne et que moi, je vais rester seul, ici.

Pierre secoue la tête tristement.

— T'es vraiment trop bête, mon vieux. T'as pas vu qu'elle disait ça comme ça, juste pour me consoler ? Parce qu'elle ne peut pas me reprendre, Lili. Même si elle le veut, ils la laisseront pas ! Ils pensent tous que Lili n'est pas assez bien comme maman. Qu'est-ce qu'ils en savent, eux ! C'est à moi de savoir !

Samir écarquille les yeux et reste sans voix. Il comprend à présent, et il a honte. Terriblement honte de n'avoir pensé qu'à lui dans cette histoire. Comme il doit avoir mal, Pierre, comme il doit être déçu. Et au lieu de le consoler, lui redonner courage, il est là à pleurnicher sur son propre sort. Quel crétin ! Il ne mérite pas d'avoir un ami comme Pierre, tiens ! Il est trop nul. Et voilà qu'encore une fois, c'est Pierre qui le console alors que c'est lui qui aurait dû le faire. C'est Pierre qui est à plaindre pourtant, et non lui à qui personne n'a promis quoi que ce soit.

— Je te demande pardon, murmure-t-il tandis que de grosses larmes lui coulent sur les joues.

— Pourquoi ? C'est pas ta faute. T'es pas responsable. Et puis, c'est pas si grave. Elle finira bien par me reprendre, Lili. Mais crois-moi, mon vieux, c'est pas encore demain la veille.

7

Chez le dirlo

Six autres mois passent et Lili ne revient pas. Pierre ne l'attend plus. Le dimanche, il reste avec ceux qui ne reçoivent jamais de visites. Il ne montre pas son chagrin. À quoi bon ? Et puis, il se sent plutôt bien, là, avec Samir, Farida qui se met en quatre pour leur faire plaisir et puis Ange, aussi, qui est toujours de bonne humeur et qui dessine si bien.

Quand il vivait avec Lili, il avait toujours peur pour elle, craignait sans cesse qu'il lui arrive des noises. Même à l'école, il n'arrivait pas à se concentrer, parce que sa tête était ailleurs.

Maintenant, à l'école, il est de loin le meilleur. Il aime ça, étudier. Quand il travaille, il ne pense plus à ses soucis, il ne pense plus à Lili. Mais c'est le soir qu'il se fait du mouron pour elle. Il ne peut pas s'en empêcher. Et s'il veut réussir à l'école, Pierre, c'est surtout pour gagner beaucoup d'argent. Comme ça, il pourra la lui acheter, à Lili, sa maison à la campagne, leur petit nid de bonheur.

Pierre espère que Lili sera autorisée à le prendre pour l'été, pour les vacances. Qu'ils retourneront au bord de la mer, tous les deux, comme avant. Et peut-être même qu'ils pourront emmener Samir avec eux. Alors là, ce serait vraiment trop !

Mais Lili ne se manifeste pas. Alors, il panique. Et si elle était morte ?

– Mais non, gros bêta ! le rassure Farida. Je sais que l'assistante sociale la voit de temps en temps.

– Pourquoi ne me donne-t-elle plus aucune nouvelle ?

– Je ne sais pas, soupire Farida. Mais je vais essayer d'en savoir plus, d'accord ?

Farida tient parole. Quelques jours plus tard, toute souriante, elle remet à Pierre une enveloppe. Il y reconnaît l'écriture de Lili. Elle y a inscrit son nom avec des feutres de couleur. Lili fait des tonnes de fautes d'orthographe, mais dans chaque mot, il y a de l'amour. Elle s'excuse de ne pas venir, elle s'excuse de ne pas écrire, mais elle ne donne pas d'explications. Elle dit qu'elle va pas trop mal, que tout finira par s'arranger, qu'elle l'aime comme il n'est pas possible d'aimer. Mais qu'il faut qu'il soit patient et grand et fort et courageux.

La lettre de Lili, Pierre la lit et la relit jusqu'à la connaître par cœur. Et Samir aussi la connaît par cœur, à force d'entendre Pierre la lui lire.

L'été se termine et, dans une semaine, ce sera la rentrée. Pierre et Samir se réjouissent d'être au collège, de faire partie des grands, désormais.

Mais voilà qu'un matin, quelques jours à peine avant la rentrée, Farida annonce à Samir :

— Tu es convoqué chez le directeur !

Tout de suite, Pierre craint le pire.

On n'est jamais convoqué pour rien chez le directeur, s'inquiète aussi Samir. Pour lui, c'est la première fois et pourtant, il n'a fait aucune bêtise.

Pierre fait la grimace.

— Ça sent mauvais, fait-il en fronçant le nez. Si le dirlo te convoque alors que t'as rien fait, c'est qu'il veut te placer dans une famille d'accueil. Maintenant que t'as plus aucune chance d'être adopté, il veut se débarrasser de toi. Tu piges ? Et si tu commences avec les familles d'accueil, bonjour la galère ! C'est encore pire qu'ici. T'as à peine le temps de t'installer, de t'habituer, que déjà on te change. Il paraît même que les gens n'ont pas le droit de s'attacher aux enfants qu'ils accueillent. Sinon, on les leur retire ! Alors là, il va falloir te blinder, mon vieux, et tenir ta valise toujours prête, parce que tu vas en voir du pays. Et puis, tu sais, faut pas croire. Elles font pas ça pour tes beaux yeux, les familles d'accueil. Il y a que le pognon qui les intéresse.

— Le pognon ? s'étonne Samir.

— Ben oui ! Elles font pas ça gratos !

Samir ne savait pas que c'était payant, les familles d'accueil. Ça lui fait tout drôle. Il ne sait plus quoi penser. Farida lui avait pourtant dit que c'était une sacrée chance d'être pris en famille d'accueil. Alors, après avoir perdu tout espoir d'être adopté et avant l'arrivée de Pierre, lui aussi en avait rêvé. Après tout, une famille d'accueil c'était bien mieux que pas de famille du tout.

Mais maintenant, il veut rester au foyer avec Pierre, à la vie à la mort. Ou alors emmener Pierre avec lui.

— Si c'est ça, t'as qu'à venir avec moi, propose-t-il à son ami.

Mais avec lui, les *t'as qu'à* ne fonctionnent pas. Pierre secoue la tête.

— Non, je peux pas. Ma mère voudrait jamais. Moi, j'en ai une de famille. J'ai Lili. T'as qu'à dire au dirlo que tu veux pas y aller, c'est tout.

Les jambes tremblantes, accompagné de Farida, Samir se dirige vers le bureau du directeur.

— Entrez ! crie celui-ci de sa grosse voix grave, lorsque Samir a frappé d'un doigt timide à la porte de son bureau et que Farida s'est éloignée.

Samir reste figé comme une statue à l'entrée, sans oser faire le moindre geste.

— Viens, assieds-toi ! lui dit gentiment le directeur en lui désignant le siège qui fait face à son bureau.

Samir s'approche lentement et installe à peine la moitié d'une de ses fesses sur le fauteuil, la gorge serrée.

— J'ai une excellente nouvelle à t'annoncer, Samir.

Le directeur sourit de toutes ses dents.

— Je t'ai enfin trouvé une famille d'accueil. Nous

DIRECTEU

y avons mis le temps, j'en conviens, mais nos efforts ont été récompensés. Tu y seras très heureux, tu verras. Ils ont une fille de ton âge et habitent une jolie ferme à la campagne. Ce sera pour toi une nouvelle vie, une vie comme tu n'en as jamais connu.

D'un revers de main rageur, Samir écrase une larme qui s'est échappée. Le directeur croit qu'il s'agit d'une larme de joie, alors que Samir a l'impression que son cœur va exploser de douleur. S'il osait, il dirait tout de suite au directeur qu'il n'en veut plus de cette famille d'accueil, qu'il veut rester là, au foyer. Mais il n'ose pas et se tait. Il entend encore :

— Je comprends ton émotion, mon garçon. Cela fait un bail que tu es là. Mais à bientôt dix ans, il est grand temps de partir. Et c'est pour demain ! Farida t'aidera à préparer tes affaires.

L'homme se lève, contourne son bureau et pose une main paternelle sur la tête de Samir. Il l'aime bien ce gamin. Un brave gosse. Puis il le reconduit jusqu'à la porte. Et celle-ci se referme sur lui et sur son terrible chagrin.

Il court jusqu'au dortoir et se jette sur son lit. Pierre ne tarde pas à le rejoindre.

— Tu pars quand ?

— Demain matin, répond Samir au travers de ses larmes.

— T'as rien dit, hein ?

Samir secoue la tête en pleurant de plus belle. Non, il n'a rien dit. Non, il n'a pas osé. Non, il n'est pas un héros, lui, comme Pierre. Seulement un lâche.

— On devait jamais se quitter, tu te souviens ?

Bien sûr que Samir se souvient. Comment aurait-il pu l'oublier ? Mais ce n'est pas sa faute à lui. Ce n'est pas lui qui commande ici, et même s'il avait eu le courage de le lui dire au directeur, qu'est-ce que ça aurait changé ? Depuis quand les enfants orphelins ont-ils droit à la parole ? Depuis quand on leur demande leur avis ? Depuis quand lui, Samir Jacques, né sous X, décide-t-il de son sort ? Surtout qu'il a vraiment cru bien faire, le dirlo. Il savait que Samir en rêvait, avant, de partir dans une famille d'accueil. Si seulement il arrivait à expliquer tout ça à Pierre, pour qu'il le comprenne, pour qu'il ait moins mal. Mais il n'y arrive pas. Tout ce qu'il arrive à faire, c'est à chialer comme une madeleine.

— T'auras qu'à être insupportable, propose

alors Pierre pour consoler Samir. Comme ça, ils te renverront, ils ne voudront plus de toi.

Samir s'arrête de pleurer et parvient même à esquisser un pauvre petit sourire.

— J'essaierai, promet-il.

Et son ami le serre bien fort dans ses bras.

8

LE DÉPART

Le lendemain matin, Samir, aidé de Farida, prépare sa valise. Il y met ses vêtements, quelques livres et le dessin de sa maman, bien sûr. Il aurait aimé laisser quelque chose à Pierre, un cadeau, un souvenir. Mais il n'a pas grand-chose. Alors, il prend un de ses livres, son préféré, celui qu'il a reçu à Noël dernier, l'ouvre à la page de garde et, de sa plus belle écriture, il écrit : « À mon ami Pierre, à la vie à la mort » et il glisse le livre sous l'oreiller de Pierre sans que celui-ci s'en aperçoive.

Ils prennent leur dernier petit déjeuner ensemble, l'un en face de l'autre, comme d'habitude. Pierre essaie de réconforter Samir, dont les larmes coulent dans le bol de chocolat. Il n'est pas très fier de son discours de la veille. Il n'est pas très content de lui avoir raconté tous ces bobards sur les familles d'accueil. Après tout, il n'y connaît strictement rien, lui, aux familles d'accueil. Tout ce qu'il voulait, c'était effrayer Samir pour qu'il n'ait pas envie d'y aller. Tout ce qu'il voulait, c'était le garder avec lui. Mais maintenant, il regrette. C'est vraiment pas sympa. Lui qui a la chance de savoir ce qu'est une famille, il n'a pas le droit d'empêcher son ami d'être heureux à son tour. Et peut-être que, finalement, elle disait la vérité, Lili. Peut-être qu'elle arrivera à le reprendre avec elle, un jour, et comme ça, ils pourront même lui rendre visite, à Samir, dans sa famille d'accueil.

Maintenant que Pierre s'est consolé tout seul, il retrouve son sourire.

— Allez ! fait-il à Samir. Arrête de faire la gueule ! Je suis sûr qu'elle sera super chouette, ta famille d'accueil. Oublie ce que je t'ai dit hier, c'étaient que des bobards.

Le visage de Samir s'illumine et ses larmes tarissent d'emblée. Il a envie de prendre Pierre dans ses bras. Il le débarrasse d'un si gros chagrin. Jamais il n'aurait pu être heureux dans sa famille d'accueil si Pierre ne lui avait dit ces mots-là.

— Et pour l'argent aussi, c'était des bobards ? demande-t-il.

— Ah, non, pour l'argent, c'est vrai ! est obligé de lui répondre Pierre qui ne veut pas mentir à son ami. Tu peux demander à Farida.

Celle-ci arrive justement, mais Samir se tait.

— Tu es prêt ? lui demande-t-elle. L'assistante sociale est là.

Pierre se lève, embarrassé. Il déteste faire des adieux.

— On s'écrira, on se donnera des nouvelles, hein ? lui fait Samir. Et même si on est un peu loin, même si on se voit pas pendant longtemps, on restera quand même frères, à la vie, à la mort.

— Oui, répond Pierre. Promis, juré, craché ! À la vie, à la mort.

Et il tourne les talons, les poings enfoncés dans ses poches.

Maintenant, Samir a hâte de partir, hâte de s'éloigner. Il s'essuie la bouche et se lève pour rejoindre l'assistante sociale qui l'attend dans le bureau du directeur.

L'assistante sociale saisit la valise de Samir d'une main et lui pose l'autre sur l'épaule. Samir embrasse Farida une dernière fois. Elle a plein de larmes dans les yeux. Samir essaie de retenir les siennes.

— Bonne chance, Samir ! Tu me manqueras beaucoup, lui dit-elle, mais je te souhaite tout le bonheur du monde.

— Dis, Farida, lui glisse alors Samir à l'oreille, tu t'occuperas de Pierre, hein ? Tu t'en occuperas jusqu'à ce que sa maman vienne le chercher.

Farida opine de la tête en souriant.

Et c'est ainsi que Samir quitte le foyer dans lequel il a passé les dix premières années de sa vie.

9

La famille d'accueil

L'autocar a rapidement quitté la ville et emprunté des routes de campagne. Samir, le nez collé à la vitre, admire ce paysage inconnu, le parfait alignement de carrés jaunes, bruns et verts, entrecoupé parfois d'une étendue plus sauvage et foisonnante de coquelicots et autres fleurs des champs. Samir sourit. Il aime ce décor-là et souhaite de tout son cœur que sa famille d'accueil habite dans un endroit pareil à celui-ci.

L'autocar s'arrête.

— Nous voilà arrivés, fait la voix de l'assistante sociale, sortant Samir de sa rêverie.

Le garçon jette un œil inquiet par la fenêtre. Ils sont en pleine campagne et aucune maison, ni famille d'accueil en vue. Alors que l'autocar redémarre, Samir entend au loin le bruit d'un moteur et au milieu d'un nuage gris surgit soudain une vieille camionnette de couleur indéfinie, qui s'immobilise devant eux dans un long crissement. S'en extirpe tant bien que mal un imposant personnage coiffé d'une casquette de tweed, le visage rougeaud et le sourire généreux.

Celui-ci tend d'emblée sa grande main calleuse à l'assistante sociale qu'il se met à secouer, bien malgré lui, comme un prunier. Puis il saisit celle de Samir interloqué et manque de lui broyer les phalanges tant il met d'enthousiasme dans sa poignée de main.

— Moi, c'est Raymond ! Excusez du retard ! lance-t-il d'un ton jovial. C'est cette saleté de bagnole qui nous a encore fait des siennes. Il a fallu la pousser avec Margot, et une fois qu'elle a bien voulu partir, j'étais si content que j'en ai oublié la petiote sur le carreau. Elle va m'en faire un fromage, au retour, pour sûr.

Samir n'est pas sûr d'avoir tout saisi du discours de Raymond. Mais il n'a guère le temps d'y réfléchir. Raymond l'aide à grimper à l'arrière de l'estafette, puis disparaît tout entier à l'intérieur de la voiture après avoir pris soin d'installer à ses côtés l'assistante

sociale. Les portes claquent, le moteur toussote un peu, la voiture fait quelques bonds en avant et démarre enfin.

On s'enfonce un peu plus dans la campagne. Samir est joyeusement cahoté. Une odeur âcre monte de la terre. Samir se bouche le nez. La voiture s'engage enfin dans un sentier creusé d'ornières. Au bout se dresse un gros corps de ferme.

La guimbarde s'immobilise au milieu d'une cour où des poules, des canes, des oies et quelques dindons caquettent à qui mieux mieux, tandis qu'un peu plus loin, un paon fait la roue, la moue dédaigneuse. Un chien se met à japper, frétillant autour de la voiture. Une silhouette rouge déboule alors vers eux en poussant des cris stridents.

— Papa, papa ! Pourquoi tu m'as pas attendue ? Pourquoi tu m'as pas prise avec toi ? hurle-t-elle.

Avec une agilité défiant toutes les lois de la pesanteur, Raymond bondit hors du véhicule.

À peine a-t-il sauté de la camionnette que Samir sent quatre gros baisers sonores claquer sur ses joues. Il en reste abasourdi.

— Moi, c'est Margot ! lui dit la fille à la chevelure flamboyante et au visage criblé de taches de rousseur. C'est chouette comme nom, Samir. Tu viens ?

Samir n'a pas le temps de réaliser ce qui lui arrive qu'elle lui prend la main et l'entraîne vers la maison.

Une femme grande et plantureuse, avec sur les lèvres ce même sourire que lui ont déjà offert Raymond et Margot, s'approche de lui et l'embrasse, elle aussi, quatre fois, deux baisers sur chaque joue.

— Bienvenue, Samir ! lui dit-elle. Je suis Mireille, la femme de Raymond et la maman de Margot qui va te montrer ta chambre. Tu pourras t'y installer et défaire ta valise. Pendant ce temps, nous allons remplir les papiers avec l'assistante sociale. Puis nous déjeunerons. Et cet après-midi, Margot et Raymond te feront visiter l'exploitation. Montre-lui la salle de bains, fait encore Mireille à l'intention de sa fille qui s'est à nouveau emparée de sa main. Il veut peut-être se débarbouiller.

— Attends ! Tu ne vas pas commencer avec ta salle de bains, il vient juste d'arriver ! Il aura tout le temps pour se laver ! proteste Margot avec véhémence.

Raymond et Mireille éclatent de rire.

— Eh, tu crois que tout le monde est comme toi ! lui lance son père.

— Notre fille est un peu fâchée avec la propreté ! explique Mireille à l'assistante sociale.

Tandis que Samir essaie vainement de mettre de l'ordre dans ce qu'il voit et entend, Margot s'empare de sa valise et, le tirant vigoureusement par le bras, l'entraîne vers un escalier qui mène à l'étage. Quelque peu hébété, il se laisse faire et ne dit mot.

Durant ces cinq premières minutes, il a l'impression de se retrouver enseveli sous une avalanche de sensations et d'émotions de toutes sortes.

Il ne s'attendait pas à un accueil aussi bruyant et exubérant. S'il se faisait une joie d'arriver au sein de la famille qui a accepté de l'accueillir, pas une seconde il ne s'était imaginé que son arrivée à lui, Samir Jacques né sous X, leur procurerait à eux autant de bonheur. Car la première impression ressentie sur laquelle il arrive à mettre un nom, c'est celle-ci : du bonheur ; du bonheur dans le rire de Raymond, du bonheur dans le sourire de Mireille, et du bonheur caché aussi derrière la fougue de Margot qui le tire à hue et à dia jusqu'à l'étage.

10

Le bonheur

— Voilà ! C'est ta chambre ! s'écrie Margot en poussant l'une des cinq portes du palier. Celle-ci, c'est la mienne, celle-là, celle de mes parents, l'autre porte, c'est la fameuse salle de bains, et là-bas, c'est les cabinets. Il y en a aussi en bas, mais quand t'as envie de faire pipi la nuit, c'est plus pratique.

— *Ma* chambre ? s'étonne Samir, qui en reste cloué sur place, incapable de faire un pas.

— Ben oui ! Ta chambre. Tu veux pas dormir avec moi, tout de même ?

Et Margot éclate de rire tandis que Samir se sent rougir. Heureusement que sous sa peau mate, cela ne se voit pas trop.

— C'est l'ancienne chambre de Lucette, ma grande sœur. Elle travaille comme coiffeuse et vit en ville maintenant. Elle a toujours détesté la campagne, Lucette. Ça met papa en rogne. Il n'arrive pas à comprendre qu'on n'aime pas la bouse de vache et le purin, et que Lucette préfère prendre soin de ses ongles plutôt que des poules. Papa l'a refaite exprès pour toi, la chambre, car elle était toute rose bonbon, avant. Il a toujours rêvé d'avoir un gars, papa. Mais il a eu deux filles. C'est pour ça qu'il a eu envie de prendre quelqu'un de la DDASS. Mais seulement un petit gars, qu'il a dit !

Qu'il a eu envie, mon œil ! se dit Samir en se renfrognant soudain, car les propos de Pierre lui reviennent en mémoire.

Tandis que Margot papote et papote encore, Samir ne peut s'empêcher d'admirer *sa* chambre aux murs jaune soleil, *son* beau lit en bois avec même un couvre-lit bleu assorti aux rideaux, *sa* table de nuit avec une petite lampe de chevet, *sa* garde-robe où ses quelques vêtements se perdront sans doute, *sa* commode, et enfin *son* petit bureau surmonté de quelques étagères pour y poser des livres. Jamais il n'a même rêvé d'une telle chambre pour lui tout seul.

Comme Samir n'arrive pas à se décider à entrer dans la pièce, Margot l'y pousse après avoir déposé sa valise sur le lit.

— Tu veux que je t'aide à ranger tes affaires ? demande-t-elle.

— Oh non ! s'exclame Samir, qui n'a pas du tout envie de lui montrer ses caleçons et ses chaussettes.

— Comme tu voudras ! fait Margot en haussant les épaules. Mais tu le feras plus tard. Maintenant, on va manger !

Et Samir sent qu'il a faim, soudain. Une faim énorme.

Il est aussitôt entraîné vers la cuisine où la table est mise et l'assistante sociale installée entre Raymond et Mireille.

— Les mains sont lavées ? demande cette dernière avec le même sourire que tout à l'heure.

Margot pousse un énorme soupir puis éclate de rire.

— J'oublie toujours de me laver les mains avant de passer à table, souffle-t-elle à l'oreille de Samir en l'entraînant vers les toilettes. Mais maman ne rigole pas en matière d'hygiène. Elle est même un peu maniaque côté propreté. Mais tu verras, on s'y fait. Et puis, j'arrive bien à resquiller de temps en temps. Parfois, le soir, je laisse juste couler l'eau dans la baignoire et comme ça elle croit que je prends mon bain. Mais ça marche pas toujours car ça lui arrive de venir contrôler. Toi, je crois qu'elle te laissera tranquille.

L'idée de se plonger chaque soir dans un bain chaud, voilà qui ne déplaît pas du tout à Samir. Il n'a jamais pris que des douches.

Dès que les enfants les ont rejoints à table, Raymond se met à couper de larges tranches de pain qu'il distribue à chacun. Puis il tend à Samir un grand plat regorgeant de charcuteries. Du jambon, du pâté, des rillettes, du saucisson. Samir fait la grimace.

— Eh bien ! Tu n'aimes pas la cochonnaille ? s'étonne Raymond.

— Hum ! fait l'assistante sociale, c'est que Samir est musulman et il ne mange pas de porc.

Samir ne savait pas qu'il était musulman, en plus. Arabe, oui, mais jamais on ne l'a traité de musulman.

— Comment le savez-vous, qu'il est musulman ? demande Raymond. C'était marqué sur ses papiers ?

— Je ne suis pas musulman, intervient Samir, pour qui ce mot n'évoque rien. Mais je sais que je suis arabe. C'est Farida, mon éducatrice, qui me l'a dit.

— Et comment elle le sait, elle, Farida, que t'es arabe ? s'entête Raymond. Si ça se trouve, tu ne l'es pas du tout ?

Samir écarquille les yeux.

— Et ma tête ?

— Eh bien quoi, ta tête ? Moi, je trouve que t'as plutôt une bonne tête ! une vraie tête à manger du jambon chez Raymond, tiens !

Samir, pris de court, ne sait que répondre. Devant son embarras, Mireille décide de trancher. Pas question de le mettre mal à l'aise :

— Si cela te gêne vraiment, n'en mange pas, mon garçon. Il y a plein d'autres bonnes choses, ici. Tiens, regarde, ça c'est du pâté de canard dont tu me diras des nouvelles !

Le sourire que lui adresse Samir est chargé de gratitude. Raymond hausse les épaules en souriant :

— Mireille a raison. Faut surtout pas que tu te sentes gêné avec nous ! Car là où il y a de la gêne, y a pas de plaisir !

Et le voilà qui éclate de rire au grand soulagement de Samir.

L'assistante sociale les quitte après le déjeuner.

— Je viendrai te rendre visite tous les mois pour savoir si tout se passe bien ! lui dit-elle en aparté. Mais je suis persuadée que tu seras bien, ici. Ces gens sont charmants et vraiment ravis de t'accueillir.

Samir prend alors son courage à deux mains et pose la question qui lui brûle la langue depuis le matin.

— C'est vrai qu'ils sont payés pour ça ?

L'assistante sociale sourit.

— Bien sûr qu'ils le sont, mais c'est normal ! Cela coûte de l'argent d'entretenir un enfant ! Et puis, c'est pas une bien grosse somme, tu sais. Alors, te fais pas de bile. Ce n'est pas pour cette raison qu'ils t'ont accueilli, va !

Voilà Samir rudement soulagé. Et c'est le cœur léger qu'il court rejoindre Mireille et Margot à la cuisine et qu'il les aide à débarrasser la table.

L'après-midi se passe en cavalcades et jeux autour de la ferme. Margot présente à Samir effrayé les vaches et les quelques cochons. En se sauvant de la porcherie, il se fait pincer le mollet par une oie vindicative. Margot qui court à ses trousses rit sans cesse et s'amuse beaucoup à ses dépens. Mais Samir ne lui en veut pas. Il n'y a rien de méchant en cette fille-là, rien de mesquin. Et Samir se dit qu'il pourra peut-être l'aimer autant que Pierre.

Ce n'est pas à son ami Pierre qu'il pense avant de s'endormir écrasé de sommeil. Il pense à Margot qui, avant de lui souhaiter bonne nuit, lui a dit à l'oreille que c'était le plus beau jour de sa vie. Il pense à Raymond, qui l'appelle déjà fiston ou mon garçon. Et Samir se dit que s'il avait eu un père, c'est à cet homme-là qu'il aurait voulu qu'il ressemble. Il pense à Mireille aussi, qui est venue le border dans son lit et lui a déposé un baiser sur le front.

Samir en est tout déboussolé. Il n'a jamais ressenti une émotion aussi intense. Il ne s'était jamais, non jamais, imaginé que lui aussi pourrait un jour faire le bonheur de quelqu'un. Parce que c'est ce qu'ils lui ont dit, ce soir, à table. Que son arrivée parmi eux les comblait de bonheur tous les trois. Depuis qu'il est né, il s'est contenté de bien peu. Un sourire, un mot gentil, un geste un peu tendre suffisait alors à le rendre heureux. Mais maintenant, il sait que le bonheur, c'est bien plus que ça.

11

Le sourire de Lili

Quelques semaines après le départ de Samir, Pierre est lui aussi convoqué dans le bureau du directeur. Je n'ai pourtant rien fait de mal, se dit-il. D'ailleurs, depuis que Samir est parti, Pierre n'a plus envie de rien faire, justement. Tout ce qu'il veut à présent, c'est quitter ce foyer et retourner vivre avec Lili. Alors, qu'est-ce qu'il lui veut, le dirlo ?

Et si c'était ça ? se dit-il brusquement. Si c'était pour lui dire que Lili a obtenu l'autorisation de le reprendre et va venir aujourd'hui même le chercher ? Le cœur de Pierre se met à battre violemment.

Le souffle court et la poitrine oppressée, c'est en courant qu'il arrive à la porte du bureau.

— Assieds-toi, Pierre, lui dit le directeur.

Il toussote, ôte ses lunettes qu'il essuie lentement, les remet sur son nez et tousse à nouveau.

— Pierre, il faut que je te dise quelque chose d'important. Mais tu es un grand garçon, n'est-ce pas ?

Pierre blêmit, serre les poings enfouis dans ses poches, mais ne bronche pas. Quand les adultes trouvent soudain que les enfants sont grands et peuvent tout comprendre, alors que la plupart du temps ils les prennent pour des débiles, c'est très mauvais signe. Ça veut même dire qu'ils vont leur balancer quelque chose qui ne va pas du tout leur faire plaisir, pense Pierre qui, malgré ses dix ans, a déjà une longue expérience de la vie.

— Ta maman est à l'hôpital. Elle y est depuis plusieurs jours, mais nous n'avons été avertis qu'aujourd'hui. Farida a proposé de t'emmener la voir dimanche.

— Qu'est-ce qu'elle a ? demande Pierre en faisant un très gros effort pour empêcher ses larmes de couler.

Et puis non, il ne veut pas savoir ce qu'elle a. Il ne veut pas que ce soit le directeur qui le lui dise avec cet air de pitié qu'il a sur sa figure depuis qu'il est entré dans son bureau. Il le sait très bien, Pierre, ce qu'elle a sa mère. Il ne connaît que trop bien le nom de cette maladie-là, que toutes les copines de sa mère avaient peur d'attraper un jour. Alors il se lève et dit merci. Puis il ferme la porte derrière lui et s'en va en sifflotant pour ne pas montrer aux autres qu'il a mal à en crever. Mais Farida l'attend au dortoir, et avec elle, pas la peine de jouer au dur, pas la peine de faire semblant.

— Alors, on y va dimanche ? lui dit-elle doucement à l'oreille après qu'il a épuisé toutes les larmes disponibles.

Il hoche la tête. Il n'arrive pas à parler car les mots ne sortent de sa bouche qu'en tremblant très fort.

— Tu devrais écrire à Samir. Lui raconter tout ça. Ça te ferait du bien.

Mais Pierre n'en a pas envie. Samir est loin maintenant et l'a probablement oublié.

— Il ne m'a pas écrit, lui.

— Peut-être attend-il que tu le fasses ?

— C'est à celui qui part d'écrire, et pas à celui qui reste.

— Partir n'est pas toujours facile, Pierre. C'est la première fois que Samir part vivre ailleurs que dans un foyer. Laisse-lui le temps de s'y habituer. Je suis sûre qu'il ne t'a pas oublié. Je posterai ta lettre, si tu veux.

Pierre se laisse convaincre. Il arrache alors une page de son cahier de brouillon et se met à écrire :

« *Cher Samir, mon frère, mon ami, à la vie, à la mort, j'espère que tu vas bien et que tu es heureux dans ta nouvelle famille. Moi, je vais bien…* »

Le stylo reste suspendu. Pierre ne peut pas écrire qu'il va bien, ce n'est pas vrai. Il n'a jamais menti à Samir, alors c'est pas maintenant qu'il va commencer, tout de même. Mais, malgré tous ses efforts et au moins dix pages de son cahier de brouillon arrachées, Pierre n'arrive pas à écrire que sa mère est malade, qu'elle a le sida et qu'elle va bientôt mourir. Non, il ne peut pas écrire ces mots-là. Maintenant que Samir a une famille, lui, il va perdre la seule famille qu'il a jamais eue, sa mère, la plus jolie des mamans, la ravissante Lili Lafleur. Il avait bien compris, la dernière fois, qu'elle avait forcé sur le maquillage pour ne pas avoir trop mauvaise mine. Et elle avait eu beau dire qu'elle toussait à cause de la cigarette, Pierre ne l'avait crue qu'à moitié.

Il déchire tous ses brouillons de lettres et se recroqueville sur son lit. Il veut vider sa tête de ces pensées qui lui font si mal.

Il ne touche pas au repas du soir. Il ne mange pratiquement rien jusqu'au dimanche suivant. Et il ne

desserre pas les dents. Même à Farida, il refuse de parler. Il reste muet pendant tout le trajet jusqu'à l'hôpital. Mais avant d'entrer dans la chambre, il respire profondément plusieurs fois de suite. Il ne s'agit pas de craquer devant Lili. Il fait même semblant d'y croire, à son histoire de vulgaire grippe sans gravité. Et il fait semblant de croire aussi que ses yeux brillent non pas de fièvre mais de joie en évoquant leur futur petit nid de bonheur à la campagne.

Mais, si ce n'est qu'une grippe, pourquoi, en partant, Lili lui fait-elle toutes ces recommandations ? Pourquoi lui fait-elle promettre d'être fort et courageux ? Pourquoi lui fait-elle promettre de devenir quelqu'un de bien dans la vie ? un monsieur ? Pourquoi le supplie-t-elle de ne pas lui en vouloir d'avoir été cette maman-là, une maman qui l'a laissé partir à la DDASS ? Et pourquoi, enfin, lui demande-t-elle de faire un effort avec Fredo et d'accepter son aide ? Et Pierre, pour lui faire plaisir, promet tout en bloc. Alors elle s'apaise enfin et repose sur son oreiller sa tête fatiguée. Ses traits blafards sans maquillage se sont lissés et elle sourit, de ce sourire qu'elle avait le dimanche matin quand il lui apportait le plateau de son petit déjeuner. Il est l'heure de partir. Elle lui fait un dernier signe de la main. C'est un signe d'adieu, Pierre l'a bien compris.

En guise de petit nid de bonheur à la campagne, Lili est enterrée dans sa ville natale, en Bretagne, dans un petit cimetière qui fait face à la mer, juste au-dessus de cette plage où ils couraient ensemble jusqu'à perdre haleine, même dans le vent, même sous la pluie. C'est elle qui a voulu être enterrée là.

Fredo a décidé de faire comme elle l'avait voulu. C'est d'ailleurs lui qui s'est occupé de tout. C'est lui qui a tout payé. Et il n'a pas lésiné sur les frais, comme il le répète à qui veut bien l'entendre. Même le nouveau costume noir que Pierre porte sur le dos, c'est Fredo qui le lui a acheté. Et c'est sans doute pour ça que ce salaud s'est permis de pleurer à chaudes larmes sur la tombe de sa Lili Lafleur, sa maman à lui.

Après la cérémonie, Pierre repart pour le foyer. Il a refusé l'argent que Fredo a voulu lui glisser dans la poche. Il ne veut pas de cet argent-là. Et puis, qu'en ferait-il au foyer ?

12

Tourner la page

Pierre reste de longues semaines sans parler à personne. Il ne veut pas se laisser consoler ou réconforter. Même Farida ne réussit pas à adoucir sa douleur. Pourtant, ce n'est pas faute d'avoir essayé. Pierre préfère se murer dans son chagrin. Il en perd le sommeil, aussi, et passe des nuits entières allongé sur son lit à penser à Lili. Les images de sa vie d'avant, de sa vie avec Lili, ne cessent de le hanter. Et puis ça lui fait tout drôle de penser qu'il est seul au monde désormais. Parce qu'il a tout perdu d'un coup, Pierre. Sa mère et son meilleur ami. Alors, comment avoir le goût de vivre quand on se sent si malheureux ?

Pourtant, voilà qu'une nuit, il s'endort sans le moindre effort. Il s'est à peine allongé que déjà ses paupières s'alourdissent, ses yeux se ferment et qu'il sombre aussitôt dans un sommeil profond, un sommeil bienfaiteur. Et le même phénomène se reproduit la nuit suivante et celle d'après. Au troisième matin, c'est le chant d'un oiseau qui le réveille et c'est une douceur de printemps qui l'enveloppe. Le premier printemps depuis le départ de Lili, à qui il arrive à penser sans larmes, avec juste un sourire attendri sur les lèvres. Pierre, encore assis sur son lit, a soudain envie de s'ébrouer comme un jeune chiot pour se débarrasser du poids de son chagrin. Il est temps de tenir mes promesses envers Lili, pense-t-il. Elle doit être rudement en colère, là où elle se trouve, d'avoir assisté au spectacle que lui aura offert son Pierrot. Il l'imagine, Lili, les sourcils froncés, les poings sur les hanches et une auréole sur la tête, le doigt menaçant pointé vers la terre. Et cette image de Lili déguisée en ange le fait rire.

C'est Farida qui en fait une drôle de tête en le voyant débouler au réfectoire, le sourire aux lèvres.

— Tout va bien, Pierre ? lui demande-t-elle d'un ton inquiet.

— Oui, ça va, répond-il en lui offrant un sourire.

Un sourire que Farida soulagée prend en plein cœur, un sourire qu'elle pensait ne plus jamais revoir sur son visage.

Quelques jours plus tard, Pierre est à nouveau convoqué chez le directeur. Il n'est pas inquiet cette fois. Il sait que ce n'est pas pour lui annoncer une mauvaise nouvelle. Il pense qu'il a eu son lot de mauvaises nouvelles et que rien de pire ne pourra lui arriver désormais, que rien ne pourra lui faire autant de peine. Il n'est pas étonné, non plus, lorsque le directeur lui annonce que s'il le désire, on pourrait lui trouver une famille d'accueil, à lui aussi. Enfin, s'il le veut, bien sûr. Pierre accepte. Il préfère quitter le foyer. Il a envie de changer de vie et de tourner la page.

— Finalement, j'ai trouvé bien mieux pour toi qu'une famille d'accueil, lui annonce un jour le directeur. Un village d'enfants. C'est vraiment bien, tu verras. Je suis certain que tu t'y plairas.

Pierre ne sait pas s'il s'y plaira. Mais ce qui est sûr, c'est qu'il est content de partir. Et il est décidé à saisir la chance qu'on lui offre. Il l'a promis à Lili. Il lui a promis qu'il deviendrait quelqu'un de bien. Et il a l'intention de tenir sa promesse.

13

Fugue

Il a fallu peu de temps à Samir pour s'habituer à sa famille d'accueil, qu'il aime déjà plus que sa maman Sainte Vierge dont le portrait est toujours au-dessus de son lit mais qu'il oublie bien souvent de regarder à présent.

La veille de chacune des visites de l'assistante sociale qui vient voir si tout va bien, Samir a mal au ventre. Parce qu'il a peur qu'elle ne vienne le rechercher pour le ramener au foyer.

Mireille a beau lui dire qu'il n'a rien à craindre, qu'il pourra rester chez eux aussi longtemps qu'il le voudra, Samir a peur tout de même. Il ne peut pas s'empêcher de penser à ce que Pierre lui avait dit, même si après, il lui a affirmé que ce n'étaient que des bobards.

D'ailleurs, un jour il a si mal au ventre qu'il décide de s'en confier à Mireille.

— C'est vrai que si une famille d'accueil s'attache trop aux enfants, on les leur retire ? lui demande-t-il alors qu'elle vient lui dire bonne nuit.

Mireille écarquille les yeux et s'affale sur le lit.

— Mais qui t'a raconté une telle ânerie, mon grand ?

Samir ne veut pas dénoncer son ami.

— C'est ce qui se disait au foyer, répond-il en baissant les yeux.

— Les bras m'en tombent ! s'écrie Mireille. Il ne manquerait plus que ça ! Allez, enlève-toi de telles idées de l'esprit, et dors sur tes deux oreilles ! Si quelqu'un avait le malheur de vouloir te reprendre, c'est par la carabine de Raymond qu'il serait accueilli !

Ce soir-là, avant de s'endormir, il remercie le ciel de lui avoir donné cette famille-là. Il remercie le ciel car il ne sait pas qui remercier d'autre. Il ne connaît pas trop le Petit Jésus à qui s'adresse Margot pour un oui et pour un non. Alors il s'adresse au ciel. C'est Mireille qui le lui a conseillé. Prier le ciel, c'est tout à fait neutre, lui a-t-elle dit. Ainsi, t'es sûr de ne tromper personne.

Samir n'en veut plus du tout à sa mère de l'avoir abandonné. C'est un mal pour un bien, comme dit

Mireille. C'est sûr que si sa mère ne l'avait pas abandonné, il ne les aurait jamais connus tous les trois, et ç'aurait été vachement triste.

À l'école, Samir a bien sûr droit à de méchantes réflexions. Les choses se savent vite et tout le monde est au courant qu'un enfant de la DDASS a été accueilli chez Raymond et Mireille. Alors, on ne l'épargne pas, et surtout, on ne se prive pas de lui rappeler qu'il n'est qu'un orphelin. Mais cette fois, pas question de se taire et de serrer les poings comme il le faisait au foyer avant l'arrivée de Pierre. Il a bien l'intention d'appliquer les méthodes de son ami à la lettre.

« Il faut tout de suite t'imposer, lui disait-il. Tout de suite t'attaquer au plus fort ! Après, on te fiche une paix royale. »

Ainsi, le jour où l'un des caïds de sa classe le bouscule violemment dans la cour en le traitant de tous les noms, Samir se rue sur lui. Les voilà qui roulent tous deux à terre et se décochent coups de pied et coups de poing. Aussitôt, un attroupement se forme. Margot pousse des hurlements en essayant de séparer les deux garçons, mais rien n'y fait. Même le surveillant qui est accouru peine à le faire. Quand enfin il y arrive, le caïd est sérieusement amoché. Quant à Samir, il a également eu son compte, mais il est plutôt satisfait.

Les deux garçons sont traînés chez le principal et se font copieusement remonter les bretelles. Samir pourrait dire que c'est l'autre qui a commencé, mais il se tait.

« Ne jamais balancer », lui avait dit Pierre.

Seulement, quand le directeur lui dit qu'il va faire un mot à Raymond, là, Samir panique. Il n'avait pas prévu cela. Son cœur se serre et sa gorge se noue. Samir réalise qu'à cause de cette bagarre idiote, il va être renvoyé de chez Raymond et Mireille pour mauvaise conduite. C'est plus qu'il n'en peut supporter. Cette seule idée le plonge dans un effroi qui le paralyse.

Margot n'est pas au courant du mot pour Raymond et ne comprend pas pourquoi Samir reste muet tout le restant de la journée. Elle comprend encore moins quand, à la fin de l'école, elle voit Samir enfourcher sa vieille bicyclette et partir sans l'attendre. Il n'a jamais fait ça. Quand elle arrive hors d'haleine à la ferme, elle s'affole. Le vélo de Samir n'y est pas.

— Samir est rentré ? demande-t-elle à bout de forces et de souffle à Mireille.

— Non. Il n'est pas avec toi ?

Margot éclate en sanglots et lui relate la bagarre à l'école.

— Il n'aurait pas décidé de fuguer pour une simple bagarre, tout de même ! dit-elle à sa fille pour la rassurer, même si elle n'en est pas très sûre.

L'assistante sociale les avait prévenus qu'il pourrait y avoir des crises de la part de ces enfants-là.

— Va prévenir ton père ! enjoint-elle à Margot, tout en décidant d'appeler le directeur pour avoir plus d'éclaircissements.

Raymond arrive, affolé.

— Qu'est-ce que c'est que cette histoire ?

— Je viens de parler à M. Martin, lui répond Mireille. Il y a eu une bagarre à l'école et il a été obligé de faire un mot d'avertissement à Samir et à l'autre gamin. Il est vraiment désolé. Il n'y avait là rien de bien grave.

— Samir a eu peur ! sanglote Margot. Il a eu peur d'être renvoyé au foyer ou de vous faire de la peine. Je suis sûre que c'est ça.

— Allons, il ne doit pas être bien loin ! bougonne Raymond. Margot, arrête de pleurnicher. Tu dois bien avoir une idée de l'endroit où il aurait pu se réfugier ?

Margot secoue la tête. Elle ne sait pas. Elle est incapable de réfléchir.

— Bon, je vais aller faire un tour avec la camionnette ! décide Raymond. Vous deux, restez ici. Et surtout, ne dites rien à personne pour l'instant.

Quand, au bout d'une heure, Raymond revient bredouille, l'angoisse est à son comble.

— Peut-être devrions-nous prévenir l'assistante sociale ? avance timidement Mireille. Elle a dit de ne pas hésiter en cas de problème.

— Et pourquoi pas la gendarmerie aussi ! fulmine Raymond. Non, je suis sûr qu'il va revenir.

Rien n'est moins sûr pourtant dans son esprit. Mais Raymond refuse de céder à la panique.

— Je sais ! s'écrie alors Margot en bondissant de son siège. À la vieille bergerie ! On va souvent jouer là-bas. Il m'a dit qu'il aimait bien cet endroit.

— Bon, j'y vais ! fait Raymond en saisissant sa casquette.

— Moi aussi ! crie Margot.

— Non, j'y vais seul. Si je le trouve, j'aurai à lui parler d'homme à homme.

Margot fait la grimace. Pour un peu, elle serait jalouse. Mais tout ce qu'elle veut, c'est retrouver Samir.

Margot a vu juste. Raymond aperçoit d'abord la bicyclette. Puis ne tarde pas à découvrir un Samir tremblant, enfoui sous la paille, terrorisé.

— Tu peux dire que tu nous as fichu une sacrée trouille, mon gars ! lui dit Raymond, heureux comme un fou de l'avoir retrouvé sain et sauf.

Cependant, dans la grosse voix de Raymond, Samir ne perçoit aucune colère.

D'un revers de main, le garçon essuie ses larmes.

— Je te demande pardon, Raymond. Je ne veux pas retourner au foyer ! Je le ferai plus, je te jure. Je ne me battrai plus jamais.

— Comment ça tu ne te battras plus jamais ? gronde Raymond. Tu crois que c'est d'une mauviette que je veux, moi ? J'espère que tu lui as flanqué une sacrée dérouillée à ce morveux !

Samir n'est pas sûr d'avoir tout saisi. Raymond n'est donc pas fâché ? Il ne le ramènera pas au foyer ?

— Alors, tu l'as amoché, oui ou non ? insiste Raymond.

— Pas mal, oui... répond Samir, hésitant.

— À la bonne heure ! se réjouit Raymond en saisissant la main du garçon pour l'aider à se relever. Allez, on rentre ! Les femmes doivent se faire un sang d'encre. Mais avant, une dernière chose, fiston ! Ne me fais plus jamais ce coup-là ! Au moindre problème, tu viens me voir, d'accord ? Mais tu ne te sauves pas. Promis ?

— Promis ! répond Samir, qui retrouve des couleurs.

— Et pas la peine d'ébruiter l'affaire, non plus. L'assistante sociale n'a pas besoin de le savoir.

— Mais le mot du directeur ?

— Le mot, c'est à moi qu'il est adressé, pas à elle.

— Mais il paraît qu'elle peut demander à l'école si tout va bien.

— T'inquiète ! Le directeur a dit à Mireille qu'il est prêt à oublier toute l'affaire.

Fou de bonheur, Samir sourit et se jette dans les bras de Raymond, qui peine à cacher son émotion.

14

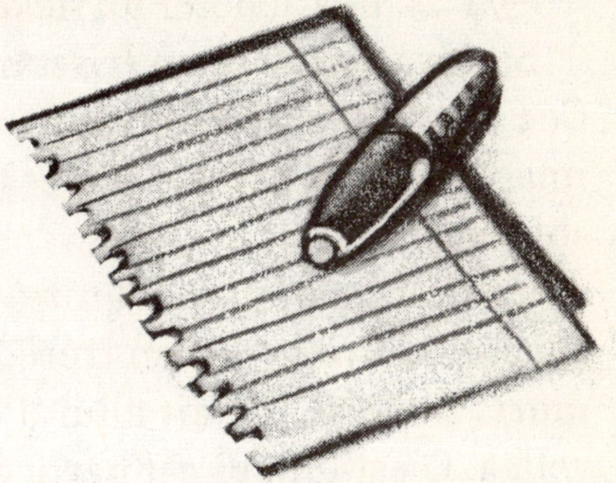

TRAHISON

Ce que Samir voudrait par-dessus tout, maintenant, c'est trouver quelque chose qui ferait terriblement plaisir à Raymond. Il sait à présent que lui aussi était un enfant abandonné. Raymond lui a raconté son histoire, dans la camionnette, en le ramenant à la ferme. Une histoire bien plus triste encore que celle de Samir, en un temps où les foyers s'appelaient encore orphelinats et où la vie n'était nullement comparable à celle qu'a connue Samir. Il cherche donc ce qui pourrait lui faire plaisir. Mais il n'a pas encore trouvé quoi.

— Et si tu lui achetais une nouvelle camionnette ? lui propose un jour Margot, à qui il s'est confié et qui, depuis, se creuse les méninges.

— Comment tu veux que je fasse ? Je n'ai pas d'argent, moi.

— T'as qu'à acheter un ticket de *Millionnaire* !

Samir sent alors un frisson lui parcourir le dos. Ce *t'as qu'à* lui rappelle soudain son ami Pierre. Son image nette et précise se dessine subitement dans son esprit.

Ça fait un an qu'il a quitté le foyer. Un an sans aucune nouvelle de son frère, son ami à la vie, à la mort. Normal, c'était à lui d'en donner des nouvelles. C'est lui qui est parti. Samir en a l'estomac qui se noue. Abandonné ! C'est ce qu'il a fait. Il a lâchement abandonné son ami. Et voici soudain qu'il lui manque terriblement.

— Mais qu'est-ce que t'as ? s'inquiète Margot.

— Il faut que je lui écrive, dit-il alors si bas qu'elle l'entend à peine.

— Mais qu'est-ce que tu marmonnes encore ? fait-elle, boudeuse. Moi, si je te dis ça, c'est pour t'aider. Si tu veux pas de mes conseils, t'as qu'à te débrouiller tout seul.

Margot, vexée, se lève et quitte la pièce, laissant Samir planté au milieu de sa chambre et tellement bouleversé qu'il n'a ni entendu ni vu Margot partir. Il est là, debout, pantois. C'est comme une claque en pleine figure, comme une brutale prise de conscience. Et le voilà en manque de Pierre, soudain.

Un manque terrible et douloureux. Un manque qui, dans son énorme envie de bonheur, était passé au second plan tant Samir s'était occupé à être heureux.

Mais Pierre a fini par resurgir, comme s'il réclamait son dû, voulant retrouver sa place auprès de celui à qui il avait juré une éternelle amitié. Une amitié que Samir a trahie bien malgré lui et qu'il lui faut renouer d'urgence. Mais à ce moment précis, Samir a l'étrange impression que ce n'est pas lui qui en a le plus besoin. C'est plutôt comme si Pierre l'avait appelé à l'aide.

— Margot ! Margot ! crie-t-il, reprenant ses esprits et se précipitant à sa recherche.

— Quoi ? Qu'est-ce que tu veux ? lui répond-elle d'en bas.

— Margot, excuse-moi pour tout à l'heure, mais quand tu as dit « t'as qu'à acheter un ticket du *Millionnaire* », ça m'a rappelé Pierre, mon ami.

Margot fait la moue. Qui est donc ce Pierre dont Samir ne lui a jamais parlé ? Elle croyait qu'ils se disaient tout. Samir, qui devine aussitôt le reproche dans son regard, rougit. Il n'avait pas l'intention de cacher quoi que ce soit à sa nouvelle famille, mais tant de choses l'avaient coupé de son passé qu'il n'avait pas eu envie de traîner cette portion de sa vie derrière lui. C'était bel et bien du passé. Un passé sur lequel il avait à jamais tracé une grande croix. C'est ce qu'il essaie d'expliquer à Margot. Il voudrait lui faire comprendre ce qu'il ressent et ce n'est pas facile.

— Eh bien ! Qu'est-ce que t'attends ? s'écrie alors Margot pour qui les choses sont claires. Tu crois pas qu'un an de silence, c'est déjà bien assez long ?

— Mais qu'est-ce je vais lui dire ? Qu'est-ce que je vais lui raconter après tout ce temps ?

— La vérité, répond Margot qui ne voit pas du tout où est le problème.

Et la vérité de Samir tient en plus de dix pages. Son bonheur, sa nouvelle famille, sa nouvelle vie, Samir raconte tout. Il a du temps à rattraper. Il ne veut rien omettre, n'oublier aucun détail. Tout comme il demande à Pierre, à la fin de sa longue lettre, de lui raconter à son tour ce qu'il a fait depuis qu'ils se sont quittés, s'il est heureux avec Lili dans leur petit nid de bonheur à la campagne. Mais au moment de faire l'enveloppe, Samir se rend compte qu'il ne sait pas du tout si Pierre est encore au foyer ou s'il est retourné vivre avec Lili. Pourtant, il faut que Pierre la reçoive et y réponde. C'est Mireille qui, comme toujours, trouve la solution au problème.

— Envoie-la au foyer. S'il n'y est plus, ils feront suivre ta lettre.

Soulagés, Samir et Margot sautent sur leurs bicyclettes et pédalent à perdre haleine jusqu'à la poste du village.

— Elle partira demain matin, dit l'employée.

— Attendez ! crie Margot en lui reprenant hâtivement la lettre des mains.

Puis s'adressant à Samir, elle lui dit :

— Pour que ta lettre arrive bien et vite, il faut poser un baiser dessus, comme ça.

Et Margot pose avec fougue ses lèvres sur l'enveloppe.

Samir hausse les épaules en riant.

— C'est trop bête, une fille ! s'écrie-t-il.

Et il enfourche son vélo. Margot s'élance pour le rattraper. En vain. Samir pédale de toutes ses forces et la distance. Quand il est arrivé à la ferme, il y a un an, Samir et Margot étaient de la même taille. Mais il y a longtemps qu'il la dépasse !

15

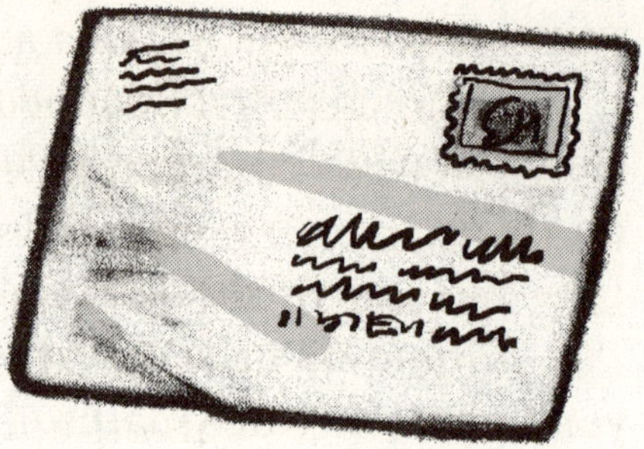

Une lettre de Samir

Pierre n'en croit pas ses yeux. Une lettre de Samir. Une lettre qui l'a suivi jusque dans sa maison du village d'enfants où il vit à présent en compagnie de cinq autres garçons et filles. La plupart sont frères et sœurs, mais cela ne fait aucune différence. Pierre aussi est leur frère, disent-ils. Ce qui les rassemble, c'est qu'ils ont tous eu des grands malheurs dans leur vie. Et en guise de chef de famille, il y a Lisa. Elle fait office de maman. Une maman pas aussi jolie que Lili, bien sûr, mais vraiment belle avec ses cheveux courts, ses yeux verts pailletés et son éternelle bonne humeur qui emplit chaque recoin de la maison du matin au soir. Lisa, que Pierre a aimée dès le premier regard, même s'il s'en défend. Persuadé que, dans son cœur, jamais personne ne prendrait la place de Lili, il a préféré garder ses distances. Lisa a fait comme si de rien n'était. Au début, il l'a longuement observée. Et il s'est demandé comment elle faisait pour les aimer tous autant, pareillement. Il s'est étonné quand elle lui a expliqué qu'elle n'a pas d'autre but dans la vie que de les rendre heureux. Il a trouvé étrange qu'elle puisse aimer des enfants qui ne sont pas les siens.

— Tu n'as pas de famille à toi ? lui a-t-il demandé un jour, en l'aidant à ranger la vaisselle.

— Si, bien sûr ! a répondu Lisa.

— Elle où, ta famille ?

— Je suis veuve, mais j'ai une fille mariée. J'ai encore ma maman, et des frères et sœurs, des cousins et cousines. Nous sommes une très grande famille. Quand on est tous ensemble, ça fait un sacré charivari.

— Mais pourquoi tu vis ici, alors, avec nous ?

— Quand ma fille a quitté la maison, je me suis sentie un peu seule. J'avais un métier, des amis, mais je ressentais une sorte de vide. J'ai cherché à faire du bénévolat, en dehors de mes heures de travail. J'avais envie de me rendre utile, tu comprends ? C'est alors que j'ai découvert l'association des villages d'enfants. Et ça a fait *tilt* ! J'ai posé ma candidature et j'ai été acceptée ! J'ai tout plaqué et je suis venue là. Et je n'ai jamais été plus heureuse, mon garçon. Et toi aussi, tu le seras un jour, quand tu auras rentré tes picots. Ici, tous les enfants sont des écorchés. Notre rôle à nous, c'est de les remettre sur les rails en leur offrant une vie équilibrée et toutes les chances de réussite pour l'avenir.

Et il finit par les rentrer ses picots, Pierre.

S'il n'est pas l'aîné de sa famille de remplacement, il est celui qui sait le mieux consoler les plus petits. Ses *t'as qu'à* magiques continuent à fonctionner et effacent tous les chagrins. Lisa s'étonne souvent de cette maturité précoce, de cette grande sagesse, si rare chez un garçon de son âge. Elle a souvent essayé de le consoler de ses peines et chagrins. Mais Pierre a toujours refusé de parler de lui, et de Lili, aussi. Le seul à qui il aimait en parler l'avait oublié. Du moins en était-il persuadé jusqu'à aujourd'hui, jusqu'à cette lettre qui l'a suivi à l'autre bout de la France.

Cette lettre, Pierre la trouve en rentrant du collège. Lisa l'a déposée dans sa chambre, se doutant qu'il aurait envie d'être seul pour l'ouvrir. D'ailleurs, il en est incapable dans l'immédiat. Il se contente de la tourner et la retourner dans tous les sens, lisant et relisant l'adresse barrée du foyer et la mention

« faire suivre à... ». Pierre décide d'attendre avant d'ouvrir. Il le fera après le déjeuner car on l'attend en bas.

Lisa fait mine de rien et dit : « Bon appétit, les enfants », ce qui veut dire qu'on commence à manger sans plus attendre. Pierre, qui est toujours le premier pour l'aider dans toutes les tâches de la maison, Pierre, qui ne rechigne jamais à mettre où débarrasser la table, s'éclipse cette fois, dès son dessert avalé. Il n'a pas une chambre pour lui tout seul. Il partage la sienne avec Laurent et Fabrice, qui sont au lycée et ne rentrent pas déjeuner le midi.

Alors Pierre a tout le loisir d'ouvrir délicatement sa lettre puis d'en retirer les feuillets que Samir a remplis d'une écriture régulière et serrée. Et Pierre lit la lettre débordante de bonheur de Samir. Il lui raconte tout. Tout ce qui s'est passé durant cette année, jusqu'au fameux *t'as qu'à* de Margot, qui a déclenché en lui une avalanche de remords, comme il dit si bien. Pierre a du mal à reconnaître derrière les mots joliment ordonnés, joliment exprimés, le Samir d'il y a un peu plus d'un an. Et le grand garçon éclatant de santé qui pose sur la photo, juché sur une grosse botte de foin, ressemble si peu au Samir d'autrefois.

C'est à ce Samir-là, pourtant, qu'il va falloir répondre et tout raconter. Oui, tout raconter. Peut-être arrivera-t-il alors à se débarrasser de cette immense douleur qui lui oppresse le cœur ? Peut-être arrivera-t-il à se vider des torrents de larmes qui pèsent encore derrière les paupières et qui, bien souvent, débordent la nuit. Car seul Samir est à même de comprendre son chagrin. Parce qu'il l'a connue, lui, Lili, et il l'a aimée aussi.

Dès ce soir, il répondra à Samir. Dès ce soir, il lui écrira une longue lettre où il lui racontera tout, tout ce qu'il a vécu et souffert depuis ce fameux jour où Samir est parti vers sa nouvelle famille, vers sa nouvelle vie, en le laissant seul.

Et après le départ de Samir, il lui avait fallu supporter celui de Lili. L'impardonnable abandon de Lili. Il n'a jamais demandé à retourner au cimetière où elle repose. Pourtant, il sait très bien que Lisa l'y emmènerait. Mais il ne tient pas du tout à penser à Lili devant une pierre froide. Il préfère la garder en un souvenir ensoleillé dans un coin de sa tête, un coin où il fait toujours beau et où ils s'amusent ensemble, comme avant, quand elle venait le voir le dimanche chez Marinette et qu'ils couraient tous les deux sur la plage jusqu'à ce qu'ils n'aient plus de force.

Pierre replie soigneusement la lettre qu'il met dans sa poche. Ce soir, en rentrant de l'école, c'est décidé, il répondra à la lettre de Samir qui a signé : *ton frère, ton ami, à la vie, à la mort*. Et cela lui a fait si chaud au cœur !

16

Un cadeau pour Raymond

Chaque semaine, désormais, avec l'argent de poche que leur donnent Raymond et parfois Lucette, la grande sœur de Margot, les enfants achètent un ticket du *Millionnaire*, car Samir tient absolument à offrir une camionnette neuve à Raymond. Mais ils ne gagnent jamais et Samir pense qu'il vaudrait peut-être mieux trouver un cadeau moins cher.

— Tu sais, il y a des cadeaux qui ne coûtent rien et qui font sacrément plaisir quand même ! lui explique Lucette, un dimanche de visite.

— Comme quoi, par exemple ? demande Samir.

— Je ne sais pas, moi, une attention particulière, quelque chose que tu aurais fabriqué de tes mains.

Samir réfléchit toute la journée. Et voilà qu'il réalise que c'est bientôt la fête des pères. Raymond n'est pas son père, il le sait, même s'il l'appelle souvent fiston. Mais peut-être qu'il serait très touché si Samir lui offrait un cadeau ce jour-là.

Pour son anniversaire, le premier passé chez eux, Raymond et Mireille lui avaient offert une bicyclette. Il en fut tellement surpris que si Margot ne l'avait pas secoué comme un prunier pour le tirer de sa béatitude, il serait probablement resté des lustres à la contempler. C'est tout juste s'il n'avait pas voulu passer la nuit dans la remise, à côté de son vélo flambant neuf. Alors, comment être à la hauteur ? Que pourrait-il fabriquer de ses mains qui fasse plaisir à Raymond ?

— Tu ne dois pas forcément fabriquer quelque chose de tes mains ! lui explique Mireille, consultée à son tour. Une belle attention suffirait.

— Mais quel genre d'attention ?

— Je ne sais pas, moi…

— Je sais ! intervient alors Margot. Viens ! lui dit-elle en l'entraînant dans la cour. Voilà, tu veux lui offrir un cadeau pour la fête des pères, c'est ça ?

Samir opine de la tête.

— Eh bien, écris-lui une belle lettre, en lui disant que tu l'aimes et que t'es content d'être là. C'est ce qui lui fera le plus plaisir.

Samir regarde Margot, le regard brillant. Elle a raison. Écrire, il fait ça plutôt bien. Il a toujours les meilleures notes en rédaction.

— Merci, Margot ! J'y vais tout de suite ! lui lance-t-il avant de se précipiter vers sa chambre.

Samir n'en oublie pas Pierre pour autant.

Chaque jour, il guette le passage du facteur. Cela fait plus de deux semaines à présent qu'il a écrit à Pierre, et aucune réponse ne lui est parvenue. Et il a peur que Pierre ne veuille pas lui répondre.

Il est vrai que Pierre aurait toutes les raisons du monde d'être fâché contre lui. Un an sans donner de nouvelles au tout premier ami de sa vie, c'est vraiment impardonnable. Enfin si, un peu quand même. Car, pendant cette année-là, Samir a dû faire l'apprentissage du bonheur de la vie au sein d'une vraie famille.

Avec tout ça, il a été fort occupé. Et il n'a plus pensé à Pierre, pour qui il ne se faisait pas de souci puisqu'il avait probablement rejoint sa maman depuis belle lurette.

Et si ça se trouve, lui aussi l'avait sans doute oublié, et Samir ne lui en voulait pas pour autant. Alors, il pourrait lui répondre, tout de même…

17

Une lettre de Pierre

La lettre de Pierre finit par arriver, quelques jours plus tard. Samir en reste bouche bée. Il n'y croyait plus du tout. Margot, après avoir appris l'existence de Pierre, l'avait tarabusté sans cesse afin qu'il lui parle encore et encore de cet ami qu'elle s'est mise à adorer sans même le connaître. Elle voulait tout savoir, chacun des détails de leur vie au foyer, depuis le moment où Pierre y était arrivé jusqu'à celui où Samir en était parti. Et maintenant, elle trépigne d'impatience devant la lettre encore fermée que Samir tient comme un trésor, du bout des doigts.

— Ouvre ! Ouvre ! Qu'est-ce que tu attends ?

— Petite curieuse ! fait Mireille, cette lettre ne t'est pas destinée et je pense que Samir a envie de la lire tout seul, sans être dérangé.

— Mais pourquoi ? demande Margot, qui ne comprend pas que Samir puisse éprouver le besoin de s'isoler avec son courrier.

— Parce que c'est comme ça, gronde Raymond. Samir a le droit d'avoir ses secrets.

Effectivement, Samir souhaite lire sa lettre à son aise, sans témoin.

— Je te raconterai tout, promet-il à Margot en montant les marches deux à deux pour gagner sa chambre.

Elle est bien longue, la lettre de Pierre, et si triste, si pleine de vraie douleur que Samir éclate en sanglots. Il n'a plus pleuré depuis très longtemps. Dire que tandis qu'il se prélassait dans le bonheur, Pierre perdait sa maman, la jolie Lili Lafleur. Et il avait gardé pour lui seul ce chagrin, parce que Samir avait oublié son ami. C'était de la trahison, ni plus ni moins.

Allongé sur son lit, Samir pleure toutes les larmes de son corps. Il s'en veut tellement, il a tellement honte. Quel ingrat ! C'était grâce à Pierre qu'il avait passé cette merveilleuse journée avec Lili. C'était Pierre, toujours, qui avait eu l'idée de faire dessiner sa maman par Ange, et c'était Pierre, encore, qui lui avait redonné confiance en l'avenir. Et que lui avait-il offert en échange ? Rien. Même pas une lettre, à peine une pensée de temps à autre.

Margot, qui a toujours une oreille qui traîne du côté de Samir, ne supporte pas de l'entendre pleurer ainsi derrière la porte de sa chambre. Et pour une fois, elle ne sait pas trop comment agir. Elle ne tient pas à aggraver la peine de son ami en commettant une maladresse. Alors elle appelle Mireille à son secours.

Tout doucement, après avoir légèrement frappé à la porte, celle-ci entre dans la chambre. Samir ne l'a même pas entendue. La tête enfouie dans son oreiller, il pleure tout son soûl. Mireille s'assied au bord du lit dont le bois craque quelque peu sous son poids. Samir se retourne aussitôt pour se jeter dans ses bras. Mais sa gorge est si serrée qu'aucun mot ne parvient à passer. Il lui tend la lettre parsemée de quelques taches d'eau et d'encre diluée.

Mireille lit et comprend le chagrin de Samir. Elle n'est pas très habile pour trouver les mots qui consolent, Mireille, elle est même plutôt maladroite dès qu'il s'agit de prendre la parole, pourtant il faut qu'elle trouve quelque chose à dire, là, tout de suite, pour soulager la peine de Samir.

— Et si on invitait ton ami à venir passer les vacances ici, avec nous ? propose-t-elle alors.

Samir se redresse et la regarde. Il n'avait même pas pensé qu'une telle chose fût possible.

— Raymond sera d'accord, poursuit-elle. D'abord, on va vérifier avec la DDASS si c'est possible, et ensuite tu écriras à Pierre. Nous avons un mois à peine pour régler tout ça. Il ne faut pas perdre de temps.

18

La fête des pères

Après plusieurs jours de pluie, voilà que ce matin le ciel est bleu uni, débarrassé de tout nuage, et que le soleil brille de tous ses rayons, comme s'il voulait participer à la fête, lui aussi.

La table est dressée dans la cour, sous la tonnelle. Mireille a mis les petits plats dans les grands. Lucette est là, avec son ami. Sous la serviette de Raymond, Margot et elle ont déposé chacune un petit paquet.

Raymond s'est installé au bout de la table et, en soulevant sa serviette, a repéré les deux petits paquets semblables.

— Il y en a un de moi et un autre de Lucette ! s'empresse d'expliquer Margot à son père.

Seule Mireille remarque l'ombre de tristesse qui passe furtivement sur le visage de son mari. Celui-ci s'extasie devant les cadeaux des filles et les remercie. Il évite de regarder Samir.

C'est alors que le garçon se lève, sa lettre à sa main. Il l'a rédigée tout seul. Cela lui a pris plusieurs soirs avant qu'il ne trouve les mots justes. Puis ceux-là sont arrivés comme coulant de source. Il toussote pour s'éclaircir la voix et commence sa lecture :

— Cher Raymond, je profite de ce jour de la fête des pères pour te dire ce que je ne t'ai encore jamais dit depuis mon arrivée chez toi et Mireille...

— Et chez moi, aussi ! proteste Margot, ce qui fait rire tout le monde.

— Oui, et chez toi aussi, ajoute Samir très sérieusement. Voilà, depuis que je suis né sous X, jamais je n'ai été aussi bien et aussi heureux. Au foyer où j'ai grandi, tout le monde était gentil avec moi. Farida, Ange, mon ami Pierre, mais je crois que personne ne m'a jamais donné de l'amour comme j'en ai reçu ici !

C'est par Raymond qui se mouche très fort que Samir est interrompu cette fois. Puis il lui fait signe de continuer.

— Même si je sais que je ne suis pas ton vrai fils, je crois que cela n'a pas d'importance. Moi, Raymond, je t'aime comme si tu étais mon vrai père...

Raymond craque alors sous l'émotion. Il se lève si brutalement qu'il en renverse sa chaise. Il se précipite vers Samir et l'étreint à l'étouffer, tandis que tout le monde, ému, lève son verre.

Le calme revenu, on attaque le somptueux repas concocté par Mireille. Samir, installé en bout de table face à Raymond, dévisage chacun des convives. Il se dit alors qu'il ne manque plus qu'une chose à son bonheur : présenter sa famille à Pierre.

19

RETROUVAILLES

Les enfants se sont massés autour de Lisa pour assister au départ de Pierre. L'assistante sociale chargée de l'accompagner est là, à l'heure. Jusqu'au dernier moment, Pierre a craint qu'elle ne vienne pas ou que quelque chose l'empêche de partir.

Car tout ça est vraiment trop beau. Les choses ont été tellement vite depuis sa lettre à Samir, qu'il n'a pas encore eu le temps de réaliser ce qui lui arrive. Il n'y croira vraiment que lorsqu'il sera en route. Et visiblement, plus rien ne l'empêche de partir à présent. Il est là, son sac à la main, ne sachant pas trop quoi faire.

Mais Lisa facilite les choses.

— Dites au revoir à Pierre et souhaitez-lui de très bonnes vacances, dit-elle aux petits qui aussitôt l'entourent et s'accrochent à son cou pour lui faire des bisous.

Puis c'est au tour des plus grands de lui serrer la main et de lui frapper dans le dos en lui souhaitant de s'éclater un max.

Lisa, quant à elle, le prend dans ses bras et l'embrasse.

— Tu vas me manquer, lui dit-elle.

Pierre est terriblement ému. Certes, il a toujours autant envie de partir voir son ami, mais il aura tout autant de plaisir à revenir là, après, chez lui.

— Toi aussi, tu vas me manquer, Lisa, lui dit-il.

Et Lisa se détourne vite pour qu'il ne voie pas la larme qui perle et s'échappe. C'est la première fois que Pierre lui exprime ainsi son affection, par des mots.

Pierre s'éloigne à présent, se retournant sans cesse pour leur faire des signes de la main et envoyer des bisous aux plus petits.

La route vers Samir lui semble interminable, même si l'assistante sociale qui l'accompagne, une jeune femme aussi ronde que joviale, fait tout pour le divertir. Enfin, les voilà arrivés. L'arrêt en rase campagne est le même que celui où Samir était descendu. Heureusement, Raymond n'a eu aucun mal à faire démarrer la camionnette, cette fois. La veille, pressé par Samir, il s'est assuré de son état de marche. Et Samir, souriant, l'attend. Les deux garçons restent un moment figés, à quelques mètres l'un de l'autre. Mais leur gêne ne dure pas. L'année qui les a séparés n'existe plus. Ils se tombent dans les bras en riant comme des fous. Margot, sans trop savoir pourquoi, a les larmes qui jaillissent et Raymond sort de sa poche son grand mouchoir à carreaux où il se mouche bruyamment.

Mireille les accueille sur le seuil avec ce sourire que Samir a si bien décrit à Pierre, tandis que s'échappent de la cuisine des odeurs de tarte aux pommes et de chocolat chaud.

Pendant une semaine tout entière, Samir et Pierre effacent ensemble les malheurs qui les avaient unis. Ils effaceront dans les rires chacune des larmes versées jadis.

Surtout Pierre, qui en avait tant accumulé et qui, durant des nuits, évoquera le souvenir de Lili en lisant à Samir la multitude de poèmes qu'elle lui a inspirés. La pétillante Lili Lafleur dont il parle avec tant de tendresse, et dont Samir a retrouvé, incrusté dans sa mémoire, le lumineux souvenir.

Le joyeux trio formé par Margot, Pierre et Samir ne se désunira plus. Ils n'ont plus besoin de se jurer d'être amis à la vie à la mort, ils n'ont pas besoin de promesses ni de serments. Ils savent que désormais rien ni personne ne viendra les séparer. Pas même la distance, pas même les années.

Et quand Pierre et Samir se disent au revoir, ni l'un ni l'autre ne ressent cette impression d'abandon, d'irrémédiable départ. Ils savent qu'ils se reverront aussi souvent qu'ils en auront envie.

C'est le cœur léger que Pierre leur fait signe de la main tandis que le car s'éloigne, le ramenant chez lui, à la maison.

Table des chapitres

Je suis née à Paris en 1952. Après avoir passé mon enfance en Belgique, mon adolescence en France, et ma jeunesse en Israël, je reviens en France en 1984 avec enfants et mari pour m'y installer de manière définitive...

Un accident de voiture survenu en 1994 mettra fin à une carrière de plus de vingt ans dans le tourisme. Mettant à profit le temps d'une très longue immobilisation, je rédige mon premier roman *Un grand-père tombé du ciel*. Celui-ci remportera le prix du Roman Jeunesse 1996 du ministère de la Jeunesse et des Sports (Jury des jeunes) puis le Grand Prix du Jeune Lecteur de la PEEP en 1998 et le prix Sorcières, la même année. Depuis, c'est avec infiniment de plaisir et de bonheur que je me consacre à la littérature pour la jeunesse.

Yaël Hassan

Du même auteur
Aux éditions Casterman

collection Romans

Un grand-père tombé du ciel
Prix du roman jeunesse 1996
Prix Sorcières 1998
Grand Prix des jeunes lecteurs de la PEEP 1998
Prix des Mange-livres de Carpentras 1999
Prix du premier roman de Châlons-sur-Marne 1999
Prix du Jury et Prix des Lecteurs, Clamart, 2006
Prix du meilleur roman, Salon du livre de Jeunesse de St-Laurent-de-la-Salanque 2009

Manon et Mamina
Prix jeunesse de la ville de la Garde 2000
Prix Chronos Suisse 2000

Quand Anna riait
Prix des écoliers de Rillieux-la-Pape 2001
Prix Tatoulu 2001
Prix du roman de Mantes-la-Jolie 2001
Prix de la ville de Lavelanet 2001

Le Professeur de musique
Prix Chronos Suisse 2001
Prix Saint-Exupéry 2001
Prix Chronos Littérature de Jeunesse 2002

Un jour, un jules m'@imera
Prix Julie des lectrices 2002
Prix de Beaugency 2002

Lettres à Dolly

De l'autre côté du mur
Prix du Salon du livre de Limoges 2003

L'Ami

Tant que la terre pleurera...

La Châtaigneraie
Prix des Embouquineurs, Brest 2006

La Bonne Couleur
Prix NRP Collèges 2006
Prix Gragnotte, Narbonne, 2007
Prix Littéraire Brivadois 2007

Suivez-moi-jeune-homme
Prix NRP Collèges 2007
Prix Chronos 2009
Prix Sainte-Beuve des collégiens du Nord-Pas-de-Calais, 2009
Prix Gragnotte de la ville de Narbonne, 2009
Prix My Mots, Collège Rambam-Maïmonide de Boulogne-Billancourt 2009

Albert le toubab
Prix PEP Solidarité 2009 de Metz
Prix de la Vache Ki'Lit 2009 festival Au Bonheur des Mômes - Le Grand Bornand
Prix Livre élu 2009 (6e) du collectif Lecture de Haute-Loire

Cutie Boy

Libérer Rahia

collection « Des enfants font l'histoire »

À Paris, sous l'Occupation

collection « albums Casterman »

Dans la maison de Saralé

dès 10 ans

Comme la vie

Jean-François Chabas
La Deuxième Naissance de Keita Telli
Trèfle d'or
Les Hermines
Circé

Hervé Debry
Lettres à qui vous savez
Prix du livre de Metz 2000
Prix Ruralives du Pas-de-Calais 2001
Prix Aprébatie du Pas-de-Calais 2001
Prix Jeunes Lecteurs des Sables-d'Olonne 2001
Prix littéraire des Montagnes d'Auvergne 2001
Prix Coup de cœur de Bruxelles 2002
Prix festival du livre d'Annemasse 2002

Yaël Hassan
Un grand-père tombé du ciel
Prix du Roman jeunesse 1996
Prix Sorcières 1998
Grand Prix des jeunes lecteurs de la PEEP 1998
Prix de la première œuvre, CDDP de la Marne 1999
Prix Mange-Livres de Carpentras 1999
Prix du Jury et Prix des Lecteurs, Clamart, 2006
Prix du Meilleur Roman, Salon du livre de Jeunesse, St-Laurent-de-la-Salanque, 2009
Quand Anna riait
Prix des écoliers de Rillieux-la-Pape 2001
Prix Tatoulu 2001
Prix du roman de Mantes-la-Jolie 2001
Prix de la ville de Lavelanet 2001
Manon et Mamina
Prix du Livre jeunesse de La Garde 2000
Prix Chronos Suisse 2000
Le Professeur de musique
Prix Chronos Suisse 2001
Prix Saint-Exupéry 2001
Prix Chronos de littérature pour la jeunesse 2002
Lettres à Dolly
L'Ami
Albert le toubab
Prix PEP Solidarité 2009 de Metz
Prix de la Vache Ki'Lit 2009 festival Au Bonheur des Mômes - Le Grand Bornand (73)
Prix Livre élu 2009 (6e) du Collectif Lecture de Haute-Loire (42)

Sylvaine Jaoui
Julia se trouve trop grosse
La préférée
Prix des écoliers de Rillieux-la-Pape 2004
Prix Martinique 2005
Le Mauvais Œil ?

Marie-Chantal Long
Ma vie à l'endroit

Lois Lowry
Un été pour mourir

Claire Mazard
Maman, les p'tits bateaux
Prix Tatoulu 2000
Coup de cœur au Prix Ado, Rennes 2000

Aline Méchin
Dans la peau d'une fille

Laurence Pain
L'Inconnu du blockhaus

Annika Thor
Le Jeu de la vérité
Prix August de littérature de jeunesse, Stockholm

Colette Vivier
La Maison des petits bonheurs
La Porte ouverte
La Maison des Quatre-Vents